てのひらの未来

おいしいコーヒーのいれ方

Second Season：アナザーストーリー

村山由佳

JN018204

集英社文庫

おいしいコーヒーのいれ方
Second Season：アナザーストーリー

てのひらの未来◆目次

〈主な登場人物〉

和泉勝利………５歳年上のいとこ、かれんと付き合っているが、現在は単身オーストラリアへ。

花村かれん……介護福祉士になるため、教師を辞めて鴨川の老人ホームで働いている。

花村　丈………かれんの弟。姉と勝利の恋を応援する。

マスター………喫茶店『風見鶏』のオーナー。かれんの実の兄。

由里子…………マスターの妻。彫金アーティスト。

原田政志………強面だが世話好きの、勝利のよき先輩。

星野りつ子……大学の元陸上部マネージャー。

石原京子………丈の同級生。中学３年から丈と付き合っている。

中沢博巳………光が丘西高校の英語教師。かれんの元同僚。

佐藤若菜………勝利が家庭教師をしていた、原田先輩の妹。

森下裕恵………勝利が借りているアパートの大家の奥さん。

森下秀人………裕恵の夫の実弟。文化人類学の研究者。

アレックス……秀人の同僚・ダイアンの妹。歌手。

高校３年生になる春休み。勝利は親たちの事情で、いとこのかれん・丈姉弟と共同生活をすることに。彼女を愛するようになった勝利は、かれんが花村家の養女で、勝利のアルバイト先『風見鶏』のマスターの実の妹だと知る。かれんも次第に勝利に惹かれ、二人は恋人同士となった。

大学に進学した勝利は、アパートで一人暮らしを始める。かれんは高校の美術教師を辞め、鴨川の老人ホームで働きながら介護福祉士を目指すことに。マスターと由里子との間には新しい命が芽生える。しかし、絶望的な事件は起こった。

うちひしがれた勝利は、逃げるようにオーストラリアへ。研究者の秀人のもと、あたたかい人たちに囲まれ、その心は次第に癒えてゆく。やがて、ある事故の知らせで勝利は急遽帰国し、ついにかれんと再会。二人が未来を模索する一方で、周囲の人々にもそれぞれの時間と想いがあって……。

てのひらの未来

おいしいコーヒーのいれ方 Second Season：アナザーストーリー

1　Change the World

秀人《ひでと》さんから電話をもらったその時、オレはちょうど勝利《かつとし》に宛《あ》てて、今年に入って二通目の手紙を書いているところだった。

日本は二月で、えらく寒くて、でも電話の向こう側は真夏なんだと思ったら混乱してしまって、最初のうち話がうまく頭に入ってこなかった。

(丈《じょう》くん？　あれ、もしもし？)

「あ、はい。聞こえてます」

慌ててオレは言った。

(今ね、シドニーの空港にいるんだ。乗り継ぎ便を待ってるところなんだけど)

「へえ。どこへ行くんですか」

（そっちへさ）

「へ？」

（日本だよ。今夜のうちに、成田《なりた》行きの直行便に乗る）

オーストラリアのヘソみたいなウルルから、まずは国内線の昼の便でシドニーまで飛んできたものの、日本へ飛ぶ飛行機は夜になるまで無い。空港内で六時間ほども待たなくてはならないのだと秀人さんはぼやいた。

あんまり暇だから電話してきたんだろうか、とオレは思った。秀人さんは以前から、ウルルで先住民アボリジニの文化を研究している。そんなに頻繁には帰国しないと言っていたはずだ。

「ずいぶん急ですね」

と言ってみると、秀人さんの声が沈んだ。

（いや、じつはさ。兄が交通事故に遭《あ》って、意識がまだ戻らないっていうから）

「ちょ、大変じゃないですか」

けっこう動揺してしまった。彼のお兄さんということはつまり、あの大家《おおや》の裕恵《ひろえ》さんの旦那《だんな》さんということだ。呑気《のんき》にこんな電話をしている場合ではないんじゃないのか。とはいえ、どんなに焦ったところで飛行機がまだ飛ばないんじゃどうしようもない。

「あの、何かこっちでできることとかありませんか？　言ってくれたらオレ、いくらでも動きますから」

すると、電話の向こうでふっと微笑《ほほえ》む気配がした。

（大丈夫、その気持ちだけで嬉《うれ》しいよ。ありがとう）

いや、社交辞令で言っているわけじゃない。勝利のやつがオーストラリアでこの人にどれほど世話になっているかを考えたら、少しでも恩を返したいというのは本心なのに。

と、いきなり秀人さんが特大の爆弾を落とした。

（ちなみに勝利くんも一緒に連れて帰るから）

あんまりびっくりして、オレは思わず椅子《いす》から腰を浮かせた。

「ま、マジすか！」

（こんなことで冗談は言わないよ）

「けど……けど、あの勝利がよくもまあ、おとなしく帰るって言いましたね」

（おとなしく……は、なかったかな）

秀人さんが苦笑する。

（でもまあ、今回ばかりは彼にも果たしてもらわなきゃいけない役割があるから）

「それは、どういう？」

（ええと、きみは鈴木幸太《すずきこうた》くんって子を知ってるかな）

知ってます、とオレは言った。勝利が借りていたアパートの隣の部屋に住む小学生で、勝利にすごく懐《なつ》いていた。整体師を仕事にしている父親の帰りが遅い日には、勝利が飯を作って食わせて風呂《ふろ》にも入れてやっていたくらいだから、オレも何度か会ったことがある。ヤンチャで可愛《かわい》いくそ坊主だった。

（うちの兄貴は、その幸太くんと一緒に横断歩道を渡ってたらしい。ちょうどそこへ車が突っ込んできてさ……）

とっさに足がすくんでしまった幸太くんをかばうかたちで車に轢《ひ》かれたようなのだ、と秀人さんは言った。

（なあ、丈くん。きみもよく知ってることだけど、こっちへ来る時の勝利くんは何しろボロボロの有りさまで、とうてい幸太くんの気持ちまで思いやっている余裕はなかった。でも今は、あの頃よりはマシなはずだろ。きみからの手紙だって読むようになったしさ）

そうですね、とオレは言った。姉貴からの手紙にはまったく返事をよこさなかった、それどころかたぶん封を開けることもしなかった勝利が、最低限オレの送った手紙だけは読んでくれるようになった裏側には、この秀人さんの大きな助力があったのだ。

（うちの兄貴はあれでけっこう頑丈だから、きっと無事に意識を取り戻してくれるとは思うけど……というか絶対にそうなってもらわないと困るんだけど——今の今、幸太くんはどうやら、この状態を自分のせいだと信じこんでしまっているみたいなんだ。自分の不注意のせいで大事な相手をひどい目に遭わせて、おまけに周りのひとたちにまで辛《つら》い思いをさせてる。ぜんぶ自分がいけないんだ、ってね）

黙ってしまったオレに、

（誰かを思い出さないか？）

と秀人さんは言った。

「……だから今回、勝利を連れて帰ろうと？」

（ま、ざっくり言えばそういうことかな）

うまく言葉が出なかった。

オレには兄貴はいないけれど、たとえば姉貴が事故に遭って生死の境をさまよっている時に、たとえわざとではなくてもその原因の一つとなった少年の心のケアまで思いやるなんてことが、はたしてできるものだろうか。どれだけ大きい人なんだろう、と改めて思う。

その時、電話の向こうで声がした。

(秀人さん。俺ちょっとあっちの……。あっ)

勝利の声だ。電話中であることに気づかなかったらしく、すいません、と慌てて謝っている。

(いや、大丈夫だよ。何だって?)

(ちょっと売店へ……)

(おう、了解。その、でかいほうの荷物置いてったらどうだ。俺が見てるからさ)

(じゃ、そうさせてもらいます。助かります)

懐かしい声が遠ざかってゆく。

(失礼)

と、秀人さんがスマホを耳に当て直した。勝利には内緒でオレに電話してきたんだろうに、本人に声をかけられても動じる気配もなかった。

「あの……オレは、どうしたらいいですか」

この際、全部この人に任せようという気持ちで言ってみた。

（うーん。さすがにそこまでは、俺にもわからない）

　秀人さんは言った。

（とにもかくにもきみにだけは報《しら》せておこうと思ったわけだけど……まあ基本的には、本人に委《ゆだ》ねる以外にないんじゃないのかな。俺も、勝利くんがそっちに帰ってからどうするつもりでいるのかは聞いてないし、彼が負い目を感じている人たちにだって、まだとうてい会えるような心境じゃないかもしれない。そうだとしても、俺は彼を責められない）

「……はい。オレもです」

（そうか。ただね、できることなら、せめて恋人にだけは会わせてやれたらなあ、って思うんだよね）

　オレは、耳に当てたスマホを握りしめた。

　いったいこれはどういうめぐり合わせなんだろう。姉貴は、いつもだったら房総《ぼうそう》鴨川《かもがわ》の介護施設で働いているけれど、シフトの関係で今日と明日だけこっちに帰ってきているのだ。今この時も、二階の部屋にいる。

（勝利くんはさ）

　と、秀人さんが続ける。

（自分が楽になることなんか、絶対にあっちゃならないんだと思い詰めてるから認めようとしないけど、本人が思ってるよりもずっとずっと深いところで、ほんとうは救いや慰《なぐさ》めを求めてると思うんだ。恋人からの手紙を絶対に読まないようにしていたのだって、言ってみればその裏返しだろ？）

この人はもしかすると、家族以上に的確に勝利を理解し、その性格を把握してくれてるんじゃないだろうか。

今さらながらに、あの時の勝利を、義弟《おとうと》である秀人さんのもとへと逃がしてくれた裕恵さんに感謝したい。神様がいるなら、どうか、あのひとの旦那さんを奪わないで下さい。

「わかりました」

無意識のうちに握りしめていたもう一方の拳《こぶし》をそっとひらきながら、オレは言った。

「どうするのがいちばんいいか、オレもよく考えてみます」

（頼むよ。で、よかったら、明日の夕方にでも一度電話をもらえないかな。そうすればもうちょっと詳しく話せるし、その時点でのこちらの状況も伝えられると思うから）

ならない)

「ちなみに、こっちにはどれくらいいられる予定なんですか?」

(よっぽどのことがない限り……)と、秀人さんは言った。(三日で帰らなくちゃならない)

了解です、とオレは言った。

一晩かけて必死に考えたものの、画期的な名案なんか浮かばなかった。

翌日は金曜日で、秀人さんたちが成田に到着する予定の早朝六時過ぎ、オレはいつもと同じようにランニングをこなし、飯を食ってから当初の予定通り京子《きようこ》と待ち合わせをして映画を観《み》た。受験が終わって結果を待つだけのオレたちは、学校にはもはや用事がないのだ。

姉貴はといえば、昼からジュエリーショップ『ル・ヴァン』の壁に絵を描《か》きに行くとのことだった。由里子《ゆりこ》さんに頼まれて姉貴がレジ奥の白い壁に描いている風景画は、クリスマス前の開店の頃にはまだ木炭だけのデッサンだったけれど、あれから二ヶ月近くたった今は少しずつ彩色が進んでいる。春頃までには川岸に生えた木々の緑もみずみずしく芽吹きそうな気配だ。

映画のあとは京子の買物に付き合って、夕方オレは約束通り秀人さんに電話をか

けてみた。いちばん気がかりだったお兄さんの容態を訊《き》くと、今朝《けさ》、病院に辿《たど》り着くより前に意識が戻ったそうで、

（一時はどうなることかと思ったけど、どうやら大丈夫そうだよ）

心配かけてすまなかったね、と言う秀人さんの声には安堵《あんど》が滲《にじ》み出ていた。

（あとは、このまま何ごともなく恢復《かいふく》してくれることを祈るだけだな）

晩飯は森下《もりした》家にみんな集まって食べる予定で、そのあと自分はそのまま実家に泊まらせてもらうが、勝利はアパートに戻って寝るはずだと秀人さんは言った。そう、もとはといえば秀人さんのために確保されていたあの部屋だ。

（何しろ一昨日《おととい》くらいからろくに寝てないからね。そんなに遅い時間にはならないんじゃないかな）

電話を切り、京子のもとへ戻る。本屋で雑誌をめくりながら待っていた彼女は、オレを見てぱっと笑った。

「ねえ丈、『風見鶏《かざみどり》』に寄って行かない？」

行きたいのはやまやまだったが、

「ごめん、今日は無理。急に用事ができちゃってさ」

「えー、うそー」

「マジでごめん。事情は後で話すから」

拝むように断って、家までダッシュで帰る。

玄関の三和土《たたき》には、すでに姉貴のムートンブーツがあった。

「あらあ、今日はずいぶん早かったのねえ」

おふくろがオレの顔を見て言った。

「だったら晩ごはんも早めに済ませちゃいましょうか」

「親父《おやじ》は？」

「今夜は送別会で遅くなるみたい。同じ課の人がニューヨークへ赴任するんですってよ」

「ふうん」

生返事をして、自分の部屋へ行き、家用のジャージに着替えた。

しばらく前までは、親父とおふくろも夫婦でロンドンに赴任していたのだ。その時、オレも一緒に向こうへ留学でもしていたら今ごろは英語なんかペラッペラだったにきまっているのだが、とくに惜しいとは思わなかった。

そうなっていたら勝利がこの家で暮らすことはなかったはずだし、オレ自身も京子と付き合うようにならなかったろうし、そもそも勝利と姉貴だって、このオレがお膳立《ぜんだ》てをしてやったり発破《はっぱ》をかけてやったりしなかったら恋人同士にはなっていなかったかもしれない。

いや、百歩譲ってひょっこり付き合っていたとしても、とっくの昔にダメになっていたにきまっている。それくらい、オレの貢献度は高かったのだ。そうまでして応援してきた二人がみすみす壊れてしまうのを、黙って眺めているわけにはいかないじゃないか――。

晩飯が済み、洗いものを終えた姉貴が、風呂を済ませて二階へ上がっていく。そこまで待ってから、オレはそっと自分の部屋を出た。おふくろは居間で、お気に入りの韓流ドラマを見ていた。

二階への階段の、六段目と八段目の踏面《ふみづら》がミシッと鳴るのを聞いて、なんだかむしょうに懐かしくなる。三人だけで暮らしていたあの頃、勝利が何かの用事で姉貴の部屋へ入っていった時なんか、下からそうっとこの階段を上がっていって立ち聞きしようとしては、やつに感づかれて未遂に終わったことが何度かあった。

若気の至りというのか、中坊だったあの頃は、オレもまだまだ未熟で愚かだったのだ。今ならもっとうまくやれる。

ノックすると、中から姉貴の声がした。

「はぁい」

「オレ」

「どうぞー」

おっとりとした物言いは、昔からちっとも変わらない。

ドアを開け、中を覗《のぞ》く。姉貴は机に向かって本とノートを広げ、何か真剣に書きつけていた。介護関連の専門書のようだ。

いま働いている鴨川の福祉施設は、先方の事情で近々辞めなくてはならなくなったものの、それでもこうして暇さえあれば学んで自分を高め、見も知らぬ誰かの役に立とうとするあたり、オレにはない美質だなと思う。姉貴のほんとうの両親もそういうひとたちだったんだろうか。

「どうしたの？」

ノートから目を上げてオレを見る。

白いハイネックのカットソーに、水色のカーディガン。そういう淡い色が姉貴にはよく似合う。風呂上がりだけに、きれいさっぱりとしたすっぴんだ。

「ちょっと……話したいことがあるんだけど、邪魔してもかまわないかな」

「なあに、そんな改まって。もちろんいいけど」

どうぞ入って、と言われて、オレは後ろ手にドアを閉め、ちょっと迷った末にベッドの端っこに腰を下ろした。回転椅子をくるりと回してこちらを向いた姉貴が、オレを不思議そうに眺める。

「どうしたの？　何か、よくない話？」

「いや、そういうわけじゃないけど。なんで？」

「めずらしく真面目《まじめ》な顔してるから」

〈めずらしく〉が余計だ、と思いながらも反論はできなかった。きっと今のオレは、めずらしくどころか、めったにないほど真剣な顔をしている。

「……あのさ。これは、もしもの話だけどさ」

思いきって切りだした。

「姉貴は、いつかこの先、勝利が帰ってくるようなことがあったらどうしたい？」

「え」

茶色の瞳が大きく見ひらかれる。

「たとえばさ、すぐにでも会いたいとか、会いたくないとかさ。それか、会ったとして、どんなことを言ってやりたいとか……あるじゃん、いろいろ」

「そ、そんなこと急に訊かれても」

「急かな」

オレは、姉貴の手もとを見つめた。膝《ひざ》の上でそろえられている桜色の爪《つめ》を。

「ほんとは、いつだって想像してるんじゃないの？　もしも今ここで勝利が帰ってくることになったらとか、こっちから会いに行ったらどうなるだろうとか」

ぴくっと細い指が跳ねた。

「どうしてそんなこと訊くの？」

「いや、何となくさ。オレはよく想像するから」

「それは……それは私もそうだけど、でも」

「でも何」

「いつも、途中で止まっちゃうの」

「止まるって何が」

「想像が」

自分とオレとの中間あたりの床に目を落として、姉貴は続けた。

「そうね……丈の言う通り。ほんとはしょっちゅう考えてる。玄関の呼び鈴が鳴るたび、〈まさか、ショーリだったら？〉なんて万に一つもないような可能性を思い浮かべちゃうし、家の電話が鳴っても〈もしかして〉ってつい考えちゃう。もちろん実際にはそんなことはなくて、配達の人だったり、何かの勧誘の電話だったりするんだけど……」

「ふうん。で、そのたびにがっかりしてるわけ？」

姉貴は少し考え、首を横にふった。

「あり得ないことなのはわかってるし……先回りして心の準備はしてるから、そんなにがっかりはしないかな。ただ、ほんとのこと言うとね」

膝の上の両手をぎゅっと握りしめる。

「毎回、やっぱり違ったってわかると、ちょっとだけほっとしちゃう」

「え、なんで？」

「だって、もしそんなことが現実になったら、いったいどんな顔をして何を言えばいいのか……。ずーっと考え続けてるのに、ほんとにわからないの。私、ショーリが向こうへ行ってしまったあの日から全然変わってない。同じところに立ち止まってるだけ」

言っている意味はわかる。

しかしそれは、姉貴が負い目を感じるようなことじゃないだろうとオレは思った。責任は、はっきり言って勝利にある。背負うことになった罪がどんなに重くて、そのままでは押しつぶされて息もできないほどだったにせよ、やつは本来、他の何を、誰を抛《ほう》りだしても、ただひとり姉貴の手だけは放してはいけなかったのだ。

「あのさ……」

もしかするとこちらの望みとは違う答えが返ってくることになるのかな、と思いながら言ってみた。

「黙っててごめん。じつは昨日の夕方、五時過ぎぐらいだったかな。向こうにいる秀人さんから電話があってさ」

長い睫毛《まつげ》がぱっと閃《ひらめ》いて、姉貴がこちらを凝視する。いろいろの前置きをまずは省いて、オレは続けた。

「ほんの短い間だけど、こっちに帰ってくるんだって」

「誰が？」

「秀人さんたち」

「……たち？」

「秀人さんと勝利」

姉貴の呼吸が浅くなるのがわかった。

「ほんとに？」

「うん」

「ほ……ほんとに、ショーリも一緒なの？」

「うん」

「帰ってくるって、それ、いつごろ？　来月とか？」

「いや。もう着いてる」

「え？」

「今朝早く、成田に無事着いたって。さっきもまた秀人さんにオレから電話して話したから確かだよ」

茫然《ぼうぜん》としている姉貴に、ようやく一つひとつ説明する。幸太くんと一緒にいた森下さんが事故に遭ったこと、幸い意識は戻ったことなどを話すと、姉貴は全身の力が抜けるようなため息をついた。

膝の上の指先は、今は小刻みに震えている。瞳はゆらゆらと揺らめいて、まるで色のないロウソクの光が映っているかのようだ。

「なあ」

オレが呼ぶと、姉貴は目を上げた。

「行くだろ？」

黙っている。

「行ってやれよ」

まだ黙っている。

「姉貴だって会いたいだろ？　あっちだって同じだよ」

やっと、姉貴の唇が動く。

「……そう、かな」

「そうにきまってんじゃん」

オレは一生懸命に言った。

「でも……向こうから連絡がないってことは、まだ会いたくないってことじゃないのかな」

「違うって。会いたくない気持ちもそりゃあるかもしれないけど、その百倍くらい、ほんとうは会いたいはずだよ。あいつ、もともと意地っ張りだし、あれ以来ずっと自分のこと責めまくってるから、姉貴が会いに行っても素直に嬉しい顔なんか見せないだろうけどさ。内心は絶対、尻尾《しっぽ》びゅんびゅん振りまわして嬉ションもらしちまうくらい感激するにきまってんだ。オレが保証するって」

姉貴は、うつむいてうっすらと微笑んだ。

でも、首を縦にはふらない。トラウマがあるせいだ。

去年の大晦日《おおみそか》の夜だった。オレは秀人さんから教わった勝利の電話番号を姉貴に伝え、電話をかけてみろと背中を押したのだ。結果として少しだけ話すことはできたようだけれど、かけてみてよかった！　と思えるような会話ではなかったらしい。姉貴の落胆と傷心は、見ているこちらの胸が苦しくなるほどだった。

もしかしてオレは、あの時と同じことをしようとしているんじゃないか、と猛烈に不安になる。電話で話すのと会うのは違うんだし、実際に顔を見てしまえばそこから結び目が解《ほど》けていくことだってあるはずだと思いはするものの、いざ、目の前にいる勝利から決定的な言葉で傷つけられたら、もはや姉貴は自分を保つことさえできなくなるかもしれない。もしかしてこれは、二人の関係がこの先も続いていくか、それともここで永遠に途切れてしまうかの重大な分かれ道になるんじゃないか。

想像すると胃が痛くなってくる。

「なあ……頼むよ、姉ちゃん」

自分でも情けないくらい、か弱い声が出た。

久々にそう呼ばれた姉貴が、びっくりした顔でこちらを見る。

「オレさ……オレ、二人に、ダメになって欲しくないんだ。気持ちがなくなったっていうんならしょうがないよ、それで別れるのは仕方ない。けど、お互いにまだこんな好きでさ。めちゃめちゃ想《おも》い合っててさ。それなのに逢《あ》えないとか、逢ったらよけいに辛くなるとか、そんな哀《かな》しいことってないじゃん。いいんだよ理屈なんかどうだってさあ。誰も、勝利があんなふうなままでいることなんか望んでない。マスターだって由里子さんだって、そりゃ全部を無かったことにはできないけど、それでもああして一生懸命、前へ進んでるのにさ……なのにあいつだけ……っていうか、あいつと姉ちゃんだけが、いつまでも同じところに立ち止まっていなきゃなんないなんて、そんなのあんまりじゃん。だからさ、あいつを何とかしてやってよ。暗いほうばっかり見てるんじゃなくてさ、世の中、たまにはいいことだってあるって、思い出させてやってくれよ。誰かが、ガチガチに凝り固まってるあいつの世界をひっくり返してやんないとさ。それができるのは、こっ……この世で姉ちゃん、ただ一人だけなんだよ」

とうとうこらえきれなくなり、顔を背けるようにして目頭をきつく押さえた。

「な？　頼むから……オレ……オレ、こんなのってもう……」

歯を食いしばって我慢しようとすればするほど、へんな呻《うめ》き声がもれてしまう。まいった。家族の前で泣くなんて十年ぶりくらいのことで、恥ずかしくて顔が上げられない。

　どれくらいたっただろうか。空気の動く気配にようやく涙をごしごし拭《ぬぐ》ってそちらを見やると、姉貴が、鴨居《かもい》に吊《つる》していたハンガーからコートを取って袖《そで》を通すところだった。

「——ありがとね、丈」

　オレを見おろしてささやく。

「行ってくる」

「……うん。頑張ってな」

　洟《はな》をすすり、かろうじてふつうの声で返した。

「親父とおふくろのことは心配すんな。適当にうまく言っとくし」

「ん」

「何か言われても、あんまり真に受けるなよ。あと、自分の思ってることは全部伝えなよ。我慢なんかしちゃ駄目なんだぞ」

「わかった」

「ちゃんとケリつけて来いよな。今晩、姉貴が帰ってこなくたって、オレ何にも言わないから」

「ばか」

「いや、冗談じゃなくてさ。べつに姉貴や勝利のためってわけじゃないよ。これ以上はもう、オレがたまんないからだよ」

姉貴は黙って頷《うなず》き、開けたドアからそろりと滑り出た。階段の八段目と六段目が軋《きし》む音が小さく聞こえてきた。

ふと、ずいぶん前にも、勝利に向かってよく似た言葉を口にしたことがあるような気がした。

いつだったろう、たしか雪の夜だった気がするけれどよく思い出せない。

細かい出来事を懐かしく思い起こすには、あまりにもいろんなことがありすぎたのだ。

2 If We Hold On Together

　人が意識を取り戻す時というのは、眠りから覚めるのとはちょっと違うものらしい。目が開いたからといって大声で話しかけたところで、そのままこちら側へ戻ってくるわけじゃなく、なかなかピントの合わない瞳が頼りなく揺らめいたかと思ったらまた昏睡《こんすい》状態に陥ったりする。

　正直、付き添っている私のほうが意識を失いそうだった。何しろこの二日間、ほとんど寝ていない。休んでいる暇なんかどこにあっただろう。

　夫が幸太くんをかばって事故に遭《あ》ったのが一昨日《おととい》の午後。救急車の中から連絡をもらって病院に駆けつけたらすぐに手術、幸い成功はしたものの意識は戻らない。

　不安でどうしようもなくなって、とうとう南半球にいる義弟《おとうと》の秀人さんにまで連絡してしまった。さらには、担当医師の説明を聞いているうち血圧の上がったお義父《とう》さんが、ふらふらと倒れて別室に入院するというおまけ付きだった。

何といっても、もう歳《とし》だ。長男である夫が生まれたのはお義父さんが三十代半ばの頃で、四十を過ぎてから次男の秀人さんが誕生した。息子たち二人を立派に育て上げて、本人はじきに八十歳にもなろうとしている。もともと身体《からだ》の強い人じゃないし、これからはもっと気遣《きづか》ってあげなくてはいけない。

いろいろと思い巡らすほどに、心細さがつのった。

秀人さんは急いで帰ってくると約束してくれたけれど、はたしてそれがいつになるかはわからない。同じオーストラリアでも、たとえばシドニーやメルボルンに住んでいるならその日のうちに飛行機に飛び乗れるだろうけれど、彼らがいるのは大陸のど真ん中、赤い大地以外には何もないようなところなのだ。

今は、朝の五時。さすがにもう空の上だろうか。

それでなくても忙しい人に無理をさせてしまったと思うと、自己嫌悪でどんよりしてしまう。でも、夫は、秀人さんからしてみれば実の兄だ。仲がいいとはお世辞にも言えない兄弟だけれど、もしも——考えたくはないけれど、万が一何かあったら……。やっぱり連絡して正解だったのだ、と自分に言い聞かせる。

集中治療室というのは、ふつうの病室のようなところではなくて、広いフロアにいくつものベッドが並び、経過の観察を必要とする患者さんが寝かされている。お互いの間は天井から吊《つ》り下げられた白いカーテンだけだ。

私は、妻ということで特別に許可されて付き添っていた。パイプ椅子《いす》に腰掛けてはいるけれど、壁がないから頭をもたせかけることができない。

時々、ふーっと意識が遠のく。うつらうつら、ほんの一瞬で壮大な夢を見たりする。

だから、夫のまぶたが少しだけ開いた時も、夢だろうと思った。夢でなかったとしたって、どうせまたつぶってしまうにきまってると思いながら顔を眺めていたら、やがて目玉がしっかりと動いて、焦点が定まったのがわかった。

……見てる？　こっちを？

「森下くん！」

思わず枕元に飛びついて叫んだ。

「わかる？　ねえ、私が誰かわかる？」

ぼんやりしていた顔にも、だんだんと輪郭が戻ってきて、彼はかすかに頬《ほお》を歪《ゆが》めて笑ったようだ。

「……かる……に……まって、だろ……」

かすれた声で言うのを聞いたとたん、涙がどっと溢《あふ》れた。しょぼしょぼしていた両目に熱い液体がひどくしみて、ああ、涙というのはほんとに塩水なんだなと思った。

声を聞きつけてか、それともモニターの数値を把握してのことか、看護師さんが小走りにやってきてシャッとカーテンを開け、

「すぐ先生がみえますから」

またシャッと閉めて戻っていった。


学生時代、私が共通のゼミで知り合った頃の森下雅人《まさと》は、朴訥《ぼくとつ》で、ちょっと口べたで、でも笑った顔の可愛《かわい》い人だった。後輩の面倒見が良く、今の彼からはあまり想像できないことだけれどたまには冗談も口にした。頭はすごくいいわりに、人のことを見下したりはしなかった。

軽音楽研究会、というのが、私たちが偶然一緒になったサークルの名前だった。同じようなサークルは他にもいくつかあったものの、集まって駄弁《だべ》ったり飲みに行ったりするばかりじゃなく、ちゃんとバンド活動もしてコンスタントにライブ活動

も行っているという点ではうちがいちばん真面目《まじめ》だったと思う。

　森下くんはベース担当で、私はドラムだった。女子のドラムはあの当時はまだそこそこめずらしく、小柄《こがら》な私はうちのバンドの華みたいな感じでメンバーからもファンからもチヤホヤされていたのだけれど、森下くんだけは違った。彼は、こちらが女だからとか、身体が小さいからといった理由で容赦《ようしゃ》なんかしなかった。お互いリズムセクションだからよけいに気になるらしく、私がちょっとでも魂の抜けた叩《たた》き方をすると、すかさずギロリと睨《にら》んできたりした。

　そういう彼に、私はだんだんと惹《ひ》かれていった。厳しくされるのが良かったわけじゃない。ただ、相手が誰であれ対等に付き合おうとする彼の人間性を、いいと思った。

〈森下くん〉という呼び名は、あの頃から定着してしまって、結婚して今に至っても変わらない。夫のことは苗字《みょうじ》で呼び、その弟のことは下の名前で呼ぶというのも奇妙ではあるけれど、森下くんはどうしたって〈森下くん〉なのだ。今さら〈雅人さん〉とか呼んだら、かえってよそよそしい感じがする。

　大学を出た私はいったん就職をしたものの、彼と一緒になった後はわりとすぐ家庭に入った。森下不動産を切り回していたお義父さんが体調を崩し、長男の肩にいろんなことがのしかかっていた時期だったし、私自身、できれば早く子どもが欲しかったというのもある。

子どもを切望していたのは、森下くんも同じだった。彼は、大学を出て某テレビ局に就職し、数年後には念願だった音楽番組の制作チームに配属された。そんな矢先にお義父さんの長期入院が決まり、家の仕事を継ぐという選択を余儀なくされたのだ。彼にとっては苦渋の決断だった。

上司に退職願を出してきた日、森下くんは言った。

〈仲良く、やろうな〉

これまでだってふつうに仲良くしてきたはずなので、どうして改まってそんなことを言うのだろうと顔を見ると、彼は、一滴も涙を流さずに泣いていた。少なくとも私にはそう感じられた。

〈これからは夫婦一緒に過ごす時間が多くなるだろ。それ自体は喜ばしいことだけど、だからって、いい時ばかりじゃないよ。俺を見ていて腹が立つことだって前よりは増える。きみに対して俺が苛立《いらだ》つこともあるかもしれない。だけど、こういう人生を歩もうって決めた以上は、全部を引き受けないと〉

そうして森下くんは最後に、できれば子どもも作ろうな、と言ったのだった。

いっぽう、秀人さんはといえば、当時は地方に巨大なキャンパスのある某国立大学に在籍していた。家にはたまの休みにしか帰ってこなかったけれど、最初から私たちは意気投合した。森下くんをふたまわりくらい大柄にして何倍もヤンチャにしたようなのが秀人さんで、初めてできた〈弟〉が私は可愛くて仕方なかった。

弟と妻が言いたい放題言い合ってじゃれるのを、森下くんはいつも苦笑いとともに眺めていた。会話にはあまり加わろうとしなかった。

私はそれを、もともとぶきっちょな彼なりの愛情表現の一つだろうくらいに思っていて、森下くんの前で秀人さんをあれこれイジるのを遠慮しようとも思わなかった。まさか兄の側に、弟に対する複雑な思いがあるなんて想像してみたこともなかったのだ。

文化人類学を学んでいた秀人さんが、長々と通った大学を卒業する年のお正月のことだった。帰省した彼に、すっかりご隠居さんを決め込んでいるお義父さんが訊《き》いた。

〈それでお前、就職はどうする気なんだ〉

心配するのも当然だったと思う。一般企業に勤めるにせよ、このまま研究者の道を歩むにせよ、本人からの報告はまだなかったから。

けれど秀人さんはあっさりと言った。

〈しないよ〉

〈なんだって？〉

〈就職は、しない。大学にも残らない〉

〈おいおいおい。何考えてるんだ、お前〉

横から割って入ったのは森下くんだった。

秀人さんが、兄のほうを向く。

〈だって、本当にやりたいことも見つかってないのに慌てたって仕方ないだろ。しばらくは旅でもしながら探すつもりだよ〉

〈旅ってどこへ〉

〈さあ、わからない。っていうか、行き先なんか決めたらつまらないよ。足の向くまま気の向くまま、そのうちに、これだ！　っていう研究対象と出会えるんじゃないかな〉

〈まさかお前、それすら決めてないのか？〉

〈これまで教授と一緒に研究してたのはアボリジニだよ。すごく興味深いし、俺なんかまだほんの入口に指をかけた程度だから、もっともっと知りたいさ。できれば現地に長期滞在して調査してみたいとも思ってる。ただその前に、ほんとうにそこに絞るかどうか、もう一度じっくり考えたいんだ。自分の興味の方向が、都会やその周辺じゃなくて辺境にあるってことだけはわかってるけど、世界にはまだ未知の世界が数知れずあるからね〉

お義父さんは、すっかり黙ってしまっていた。あの頃はまだ補聴器なしでも聞こえていたはずだけれど、途中で口を挟もうとはしなかった。

こたつの一辺に座ってやり取りを聞きながら、私は正直、それもいいんじゃないのかなと思っていた。

人生は、短いようで長い。秀人さんが自分のこれからを真剣に考えた上でそう判断したのなら、きっと無駄にはならないし、一見すると回り道のようなその旅だって、後からふり返れば豊かで素晴らしい時間だったと思えるようになるんじゃないか、と。

でも、ある意味それは、私が部外者だったから抱くことのできた感想だったのかもしれない。自分ではすっかり身内のつもりでいたけれど、実際には私は、最近この家に暮らすようになった新入りでしかなくて、しかもそのことをちゃんと自覚していなかった。

〈呑気《のんき》だな、お前は〉

と、森下くんが低い声で言った。

〈あんまり世の中を甘く見るなよ。人より四年も長くぶらぶらさせてもらって、もういいかげん肚《はら》をくくったらどうなんだ〉

〈ぶらぶら？〉

〈そうだよ。いったいいつまで遊んでるつもりだ。親父《おやじ》の脛《すね》をかじるどころか、骨までしゃぶりつくそうってのか〉

〈ちょっと待って。聞き捨てならないな〉

秀人さんの顔つきが変わった。

〈誰が遊んでるって？　大学にいたのはもっと深く勉強したいからであって、〉

〈それが何の役に立つんだ〉

〈え？〉

〈親父がお前に甘いのをいいことに、ちょっと好き放題し過ぎじゃないのか。親の貯金を食い潰《つぶ》してまで、どこだか知らん遠い外国に住む先住民の研究をしたからって、いったい何の役に立つっていうんだよ。うちの家計の足しになるのか？　親父の透析費用だって、この先ずっと同じ金庫から出ていくんだぞ。ええ？〉

〈森下くん〉

私は思わずたしなめた。

夫の気持ちはわかる。弟が夢を追いかける一方で、長男の彼は自分の夢を捨てるしかなかった。だけどそれは、そんなふうなかたちで口に出してはいけないことだ。なぜなら、相手が何も言えなくなるほど絶対的なカードだから。

案の定、秀人さんは顔を真っ赤にして押し黙ってしまった。

息苦しくなるほどの沈黙が下りてくる。全員が睨んでいるこたつの上のミカンに、ぷすぷすと穴が開きそうだ。

と、ようやくお義父さんが口をひらいた。

〈いいんだ、秀人のやつはこれで〉

〈親父！〉

と森下くんが声を荒らげる。

〈うるさいぞ雅人。家長のおれが決めたことに口を出すんじゃない〉

さらにお義父さんは、ため息まじりに付け加えた。

〈お前はだいたい、目の前のことしか考えんな。役に立つだの、足しになるだの、人間が小さくていかん。もっとこう、先のことまで目を向けたらどうだ〉

ああ、父子《おやこ》だな――と、今になると思う。お義父さんも、長男に向かってそれだけは言ってはいけなかった。だって森下くんは、目の前のことばかりじゃなく、この家や私たち家族のこれから先のことまで考えたからこそ涙を呑《の》んだのだ。やりたかった仕事をあきらめ、家業を継ごうと決意したのはそのためだ。

お義父さんの言葉は、そんな彼の想《おも》いを踏みにじるものだった。たとえどんなに正しい指摘であっても、口にするタイミングを間違えると、伝わらないどころか毒になる。秀人さんに向かって正論を吐いた森下くんと、森下くんを言葉で押さえつけたお義父さんは、まぎれもなく似たもの父子なのだ。いいところも悪いところも似ていて、そしてたぶん、だからこそ反発し合う。

あの日、話し合いがどういうふうに終わったのか、そこだけ記憶がない。秀人さんが座布団を蹴って帰ってしまったのか、それとも、私がなだめるか何かしてとりあえず収まったのか、ほんとうにきれいさっぱり忘れてしまっている。

でも、兄弟間に決定的な溝ができたのは、やはりあの時だったのだと思う。

以来、秀人さんはますます家に寄りつかなくなり、宣言通りあちこちを放浪した後は、やはりアボリジニの研究に人生を捧《ささ》げる決意を固めたようだ。とうとうオーストラリアの永住権まで取ってしまった。

森下くんは森下くんで、輪をかけて無口になった。仕事に関してはおそろしく有能で、彼が切り盛りするようになってから森下不動産の経営は右肩上がりに伸びたし、個人の賃貸はもとより大きな物件の売買もこれまで以上にたくさん扱うようになったけれど、本人は少しも愉《たの》しそうじゃなかった。やらなければいけないノルマをこなしている、といったふうで、昔の可愛らしい笑顔なんかめったに見ることもなくなった。

——もしかして、子どもが生まれていたらまた違っていたのだろうか。

そんなふうに思って落ち込みそうになるたびに、私は、いけない、と歯を食いしばって体勢を立て直した。

子はかすがいなんて言うけれど、それは現に子どものある夫婦の場合だ。うちみたいに、生まれることとさえなかった子どもに夫婦仲の責任を負わせるなんて、どう考えても間違っている。

それでも正直、折に触れて、息子や娘がいたらどんなだったろうと秘《ひそ》かに想像してみることはあった。森下くんも私も、それにお義父さんも、どんなにその子を可愛がっただろう。秀人さんだって、たまには帰ってきて肩車なんかしてくれたかもしれないし、そうやって子どもという緩衝材を間にはさめば、私と秀人さんの間に流れる空気もずいぶんと薄まったに違いないのだ。

そう、私はいつからか、秀人さんから注がれる濃い視線の意味合いに気づいていた。

遅すぎるくらいだった。森下くんより早く気づいていれば、もう少し気をつけようもあったのに。


さっきの看護師とともに担当の医師がやって来て、モニターの数値をしばらく睨んでからこちらに向き直った。その頃には、森下くんはまたスーッと目を閉じて、眠ってしまっていた。

「医師の立場としましては、引き続きいろいろな検査をして、本当に問題なしとわかるまでは安直なことは言えないんですけれども……」

長い前置き付きで、先生は言った。

「とにかく、今は安静にして、頭を動かしたり、ましてや起きあがろうとしたりしないこと。次に意識が戻っても、あまり一気に話しかけて疲れさせないこと。まあ、とりあえず、お父上には報《しら》せてさしあげていいんじゃないかと思いますよ」

私は、夫のぶんまで深く頭を下げて礼を言うと、上の階の大部屋まで走って報せに行った。

歳が歳だけにとっくに目を覚ましていたお義父さんは、人目もはばからず涙を流して喜んだ。こういう顔を、どうして当の長男にも見せてあげないのかと焦《じ》れったくなる。そこがまあ、男親と息子の難しさなのだろう。

集中治療室に戻り、ベッドの枕元にパイプ椅子を寄せて座った。点滴の針が刺さっているのは向こう側の腕だし、こちら側に怪我《けが》はしていないけれど、私は、眠っている彼の手を取ってできるだけそっと持ち上げ、頬を押しあてた。

「……よかった」

それしか言葉が出てこない。

「よかったね、ほんとに」

涙ばかりが溢れてはこぼれる。

意識が戻ってくれてよかった。このまま逝《い》ってしまわなくてよかった。お義父さんや、こちらへ向かっている秀人さんももちろんだけれど、誰より幸太くんがどんなに安心することだろう。本当に、ほんとうによかった。

カーテンで囲われているのをいいことに遠慮なくぼろぼろ泣いて、それがおさまってから、私は廊下へ出た。少し頭を冷やしたかった。壁際のベンチに腰を下ろし、ようやく後頭部を壁にもたせかける。長々とため息がもれ、再び息を吸うより先に、意識を手放していた。

（ねえさん）

遠くで呼ぶ声がする。

（裕恵ねえさん）

そんなふうに私のことを呼ぶのは一人だけだ。

全身の力をふりしぼってまぶたを押し上げると、すぐ目の前に大きな図体《ずうたい》があった。思わずびくっとする。

「起こしてごめん。来たよ」

秀人さんは言った。片膝《かたひざ》をついている彼の後ろには、勝利くんがいる。

あんまりほっとし過ぎて、危《あや》うく泣きそうになった。懸命にこらえ、文句を言う。

「遅い」

「ごめん、これでもずいぶん急いだんだけど」

「わかってるわよ、冗談よ。——ありがとう。勝利くんも」

彼が頷《うなず》いた。見違えるほど精悍《せいかん》になっていて、内心びっくりした。

森下くんの状態を伝えると、秀人さんは廊下にぺたりと座り込み、天を仰ぐようにして長い息を吐いた。どんなに心配をかけたことだろう。

「――よかった」

と、秀人さんが私を見つめる。

「ええ」

「ほんとに、よかった」

湿った瞳が揺れている。彼が口に出さずに呑み込んだものの大きさが伝わってくる。

「ごめんね」

ありとあらゆる想いをこめて、私は言った。

秀人さんに、その意味が伝わったかどうかはわからない。伝わらなくてもかまわなかった。

「すぐに知らせようとしたんだけど、まだ空の上かと思って。そのまんま、いつのまにか私の意識のほうが飛んじゃった」

お義父さんや幸太くんのことなど諸々《もろもろ》を話している間に、私にもだんだんと平常心が戻ってくる。三日しかいられないと聞いて、どれだけギリギリの忙しさを縫って来てくれたかが改めてわかった。

「ちなみに、兄貴の顔を拝むことはできるのかな」

一気に話しかけて疲れさせるなとは言われたけれど、

「ええ、そうっと覗くだけなら大丈夫。こっちよ」

立ち上がり、集中治療室へと続くドアを開けて、私は二人を手招きした。

ついてきたのは秀人さんだけだった。こういう時さりげなく遠慮するのが、勝利くんらしい。その場の状況や相手の気持ちを過剰なくらいに思いやる性格だからこそ、あの事件はなおさら彼を蝕《むしば》んだのだろうけれど。


その日は秀人さんが交代してくれて、というか無理やり交代させられて、私は一旦《いったん》、勝利くんと家に帰った。

張りつめていたものが、外へ出るなりぷっつりと切れてしまって、並んで歩きながら私はわんわん泣いた。あたりを憚《はばか》る余裕なんかどこにもなかった。隣で勝利くんがすごく困っているのもわかっていたけれど、だからといってとうてい止まるものではなかった。

でも、おかげでずいぶん楽になった気がする。森下くんの状態や、今後に関する心配だけじゃなく、これまで何年にもわたって私の中に積もり積もっていた泥のようなものがようやく押し流され、じわじわと池の水が澄んでゆくような感じだった。

「あのひとには、言わないでよ」

「わかりました」

と勝利くんが頷く。

「絶対よ。ちょっとでも漏らしたら承知しないからね」

「わかってますってば」

念を押したりしなくたって、彼ならよけいなことは言わないとわかっている。これは多分に甘えであり、照れ隠しに過ぎない。ポケットから出したティッシュで、わざと勢いよく洟《はな》をかみながら、私は横目で勝利くんを見やった。

初めて会った日のことを思い出す。お義父さんが可愛い次男坊のために用意したきり、ずっと空室のままになっているあの部屋を見に来た彼は、面倒な条件についての私の説明もひととおり聞いたくせに、

〈借ります〉

と即答したのだった。

縁《えにし》、というのは不思議なものだ。あの時点では大勢いる店子《たなこ》の一人でしかなかった勝利くんの隣で、まさか、無防備に泣く日が来ようだなんて。

私の大好きなダイアナ・ロスが、こんなふうに歌っていたのを思い出す。逆風の中でこそ、折れないしなやかな心を持つのよ。私たちが一緒にいる限り、夢は決して朽ちることはないのだから、と。

今がつらいからといって、すぐにあきらめてしまう必要はないのだ。時は、私たちに優しい。人と人との関《かか》わりだって、最初から決まった形であるわけはない。私たちは変われる。心から願いさえすれば、望んだ方向へ変わってゆくことができる。

そのことを、今ここにいる勝利くんの存在が教えてくれているかのようだった。


何度も目を開けながらもまたうとうとと眠ることをくり返していた森下くんが、完全に意識を取り戻したのは翌日のことだった。

握っていた手にわずかながら力がこもり、うっすらとまぶたが開いた。私の顔をじっと見ていたかと思うと、彼はぎこちなく唇を動かし、かすれ声でささやいた。

「…………めん」

私は懸命に首を横にふった。

「何言ってんの、謝ることなんか一つもないじゃない。あなたがいなかったら幸太くんは今ごろ……」

彼の目が、片方だけ細められる。

それだけで私には伝わった。はにかんでいるのだ。

「どれくらい……たったのかな」

喉《のど》にからむ唾《つば》を、苦労して飲み下している。水を飲ませてあげていいのかどうか、看護師さんに訊いてみなくてはいけない。

「だいたい三日くらい」

と私は言った。

「そんなに？」

「ええ」

「幸太は？」

「もちろん、怪我一つしないで済んだわ。鈴木クン、すごく心配して、彼を連れて何度もお見舞いに来てくれてたのよ」

「そうか」

「それとね。——さっきまで、秀人さんもここにいたの」

目が見ひらかれる。

「……報せたのか」

「そりゃそうよ。すっ飛んで来てくれたわ。あなたの無事を知った時は泣いてたみたい」

森下くんは、黙って何か考え込んでいるようだった。

やがて、ふっと頰を歪めて言った。

「ち……きしょ」

そう聞こえたので、え、と耳を寄せる。

「どうせまた俺のいない留守に、みんなでうまいもの食うんだろ。焼肉とかさ」

こんな時に、よりによってなんという冗談を口にするのだろう。

たっぷり数秒間あっけにとられた後で、ぷーっとふき出してしまった私を見て、森下くんが仕方なさそうに苦笑する。思えば、学生の頃このひとがちょくちょく口にした冗談も、かなりブラックなものが多かったのだ。

「申し訳ないんだけど」

と、私は白状した。

「焼肉だったら、もうゆうべのうちにみんなで食べちゃった」

さっきの私と同じくらいの間をおいて、今度は森下くんが噴き出す。痛《い》てて、と顔が歪むのを見て、私は慌てて彼をなだめた。そうだった、まだあんまり話しかけて興奮させたりしてはいけないのだった。

「あのな」

と、森下くんが呟《つぶや》く。

「うん」

「今だから、白状するとさ」

「うん」

「俺……じつはけっこう、やきもち焼きなんだよ」

「は?」

思わず眉間《みけん》に皺《しわ》が寄ってしまった。いったいこの人は今さら何を言っているんだろう。

「知ってるわよ、そんなこと」

「え」

「もう二十年も前からね」

すっかり呆《あき》れて見おろしてやると、彼の口もとが不服そうに尖《とが》った。

「そっか。なんだ、知ってたのか」

「あったりまえじゃない。いつから付き合ってると思ってんのよ」

彼の顔を間近に覗きこんでやる。ぶすっとしたふくれっ面《つら》を眺めていたら、なんだか可笑《おか》しくなってきた。

「とにもかくにも――お帰りなさい」

「……うん」

手を伸ばし、額に巻いた包帯をそうっと撫《な》でる。こんなバカみたいなことを言い合って笑えるのも、彼がこうして無事でいてくれたからだ。

ありったけの想いをこめてささやく。

「ありがとね。私のところへ戻ってきてくれて」

すると夫は、ばか、と呟いた。

「それは、こっちのセリフだろ」

3 You've Got a Friend

いっそのことオーストラリアまで会いに行こうと決めてしまったら、いっぺんに気持ちが落ち着いた。ずっと胸の裡《うち》でモヤモヤしていたものがすーっと楽になって、まるでよく効く胃薬を飲んだみたいだった。

自分ではわからないのだけれど、人に言わせると私は、世間の常識とされていることとはちょっと違った思考や行動をするところがあるらしい。

〈星野《ほしの》はさあ、極端なんだよ〉

と、和泉《いずみ》くんもよく言っていた。すっかり呆《あき》れているわりにこちらを見放すことはしない彼特有の言い方が、私は、ずっと長いこと、大好きだった。

でも言わせてもらえば私だって、彼がそばにいてくれた頃はちゃんとブレーキをかけることができていたのだ。というか、和泉くん自身が、私のちょうどいいブレーキになってくれていた。

だからあの時も――つまり、地球の裏側みたいな遠いところへ行ってしまったきり連絡すらよこさない人に、この際こっちから会いに行ってしまおうと私が提案した時も――その場に和泉くんがいてくれたら、ちゃんと諭《さと》して思いとどまらせてくれていたんだろうと思う。

代わりにそばにいたのは原田《はらだ》先輩だった。何しろネアンデルタールの異名を取る人だけに、直情的というか思慮が浅いというべきか、

〈先輩、一緒に行ってもらえませんか〉

という私の提案に一も二もなく賛成したと思ったら、いきなりバイトを増やしたのだった。

〈格安チケットを狙うにしたってさ、金は余計にあるに越したことはねえだろう〉

と先輩は言った。

まあ、確かにそれには一理ある。

〈唯一の問題はよ、英会話なんだよな〉

〈はあ……唯一の〉

〈うん。だから今、めっちゃ集中して勉強し直してんだよ〉

ほれ、と得意げに見せてくれたのは、いにしえの昔に試験勉強をするとき使ったのであろう英単語カードだった。丸い銀色のリングで綴《と》じてある、あの小さくて細長いやつだ。

英会話に今さらそれですか、と、私は言わなかった。先輩の語学力をアテにするくらいなら、最初から誘っていない。

原田政志《まさし》——私たちが大学に入った時点で三年生だったから、とりあえず二つ年上であることは間違いないけれど、来年度は四度目の四年生をやることが決まっている。つまり、いよいよ私が先輩を追い越してしまったわけだ。

先輩の名誉のために言っておくなら、

〈学業の成績だけで人間の値打ちが決まるわけじゃない〉

ということに尽きるだろうか。

あれはいつだったか、私たち三人が、光《ひかり》が丘《おか》の駅で電車を降りた時のことだ。駅の階段の端っこをおじいさんがゆっくり上っていた。大きな荷物を持っているわけではないし、とくに手助けが必要なようにも見えなかったので、私はそのまま追い越そうとした。

と、原田先輩が、私や和泉くんのそばから離れてその人の後ろについた。手を添えるでも声をかけるでもなく、ただ、おじいさんのペースに合わせて上りきると、また私たちと合流した。

理由を訊《き》いたら、

〈や、後ろへひっくり返ったら危ねえし〉

淡々と言った。照れたり謙遜《けんそん》したりといったことは一切なかった。そうするのが当たり前、あるいは自分がそうしたかったからした、というだけの答えで、すぐに和泉くんと別の話題に移っていた。

そういう人なのだ、と思った。なんだか胸に灯《ひ》が点《とも》るような心地がした。

人にはちょっとわかりにくい気遣《きづか》い、というか、本人もそれを気遣いとは思っていないのかもしれない。それでいて、妹の若菜《わかな》ちゃんを想《おも》う気持ちは本人にも鬱陶《うっとう》しがられるくらいだし、あれでなかなかお母さん想いでもある。後輩にもけっこう慕われていて、よく相談に乗ったりもしているみたいだ。

つい、古今東西のおとぎ話を連想してしまう。『美女と野獣』とか『泣いた赤おに』、そういった類《たぐ》いのお話をだ。泣く子も黙るどころかさらに泣きわめくようなその顔と体格は、たぶん神様のいたずら、うっかりミスの結果なんだろう。

いろいろあって、私が独《ひと》りではちゃんと食べられずにいた間は、和泉くんと二人して我慢強く食事に付き合ってくれた。いつもはデリカシーのない発言ばかりするのに、あの時期の私に対しては、なんでそんなに痩《や》せたんだとか、心が弱すぎるだろうとか、無理にでも食えなんてことは一切言わなかった。

そういう、人なのだ。

二月半ばの土曜日、私は読みかけの文庫本を一冊かばんに入れて、光が丘商店街のはずれへと向かっていた。今朝方《けさがた》からの雨は上がったものの雲はまだ低くて、でもそのぶん寒さはいくらかましだった。

あとひと月もすれば、桜前線のニュースが聞こえてくるようになる。昔からホラー映画の好きな私は、この春から映画配給会社への就職が決まっていて、来月後半からは研修も受けなくてはならない。いろいろ急がなくちゃな、と思いながら、『風見鶏《かざみどり》』のドアを引き開けた。

カランカラン、と軽《かろ》やかにカウベルが鳴る。私だとわかると、マスターは黙って頷《うなず》いてよこした。そっけないようだけれど、身内だと認めてもらっている感じがして、かえって嬉《うれ》しい。

厨房《ちゆうぼう》を囲むカウンター、奥の隅《すみ》っこの席には丈くんが座っていて、私を見ると手をふってくれた。

「アイス・ラテ、お願いします」

言いながらフロアを見渡す。

テーブル席には他に、スーツ姿の営業マンふうの男の人が一人と、よく似た母娘《おやこ》の二人連れ、いちばん奥に恋人らしい男女がいた。混んでいないうちは迷惑にならないだろうと、私も窓際のテーブルに陣取る。外の世界を感じられるこの席で本を読むのが、休日のささやかな楽しみなのだ。

「姉貴のあの絵、なかなか良くね？」

丈くんの声に目をやると、話している相手はやはりマスターだった。

「そうだな。由里子もえらく喜んでる。客にも評判いいらしいぞ、来るたびに少しずつ変わってるのが楽しみだって」

話しているのは、由里子さんのジュエリーショップ『ル・ヴァン』のことだろう。冷たいカフェ・ラテという注文にも、マスターはきっちり豆を量り、一からおいしいコーヒーを淹《い》れようとしてくれている。

「そういえばあれ、お前のアイディアなんだってな」

「ああ、ね。ていうか単に、オープンまでに描《か》きあげるには時間が足りなさそうだったからさ。苦肉の策ってやつだよ」

グラインダーでいい按配《あんばい》に挽《ひ》かれた豆が、ネルのドリッパーに移される。今ここから手もとは見えないけれど、もう何年も目にしてきた光景だから、マスターの腕の動きだけで何をしているかわかるのだ。

「姉貴、今朝早く鴨川へ帰ったよ」

カウンターに頬杖《ほおづえ》をついて、丈くんが言った。

「知ってる」

やかんを火にかけながら、マスターが応じる。

「そっか、昨日聞いたよね」

「いや。朝そこで会った」

「マジ?」

「俺が早めに来て店の鍵を開けてるところへ、ちょうど通りかかってな。これから帰るとこだって」

くるりと向きを変え、業務用の大きな冷蔵庫を開けて牛乳のパックを出してきてから、マスターは言った。

「あいつ――何かあったのか」

「えっ。な、なんで？」

「昨日、由里子の店で会った時とは雰囲気が違ってたからさ。なんだろうな……何かこうストンと憑《つ》きものが落ちたみたいな、静かで明るい顔してたぞ」

「……へえ」

丈くんは、うつむいてコーヒーを飲んだ。

母親と娘の二人連れが、レジを済ませて出ていく。見送ったマスターが再び厨房に入り、

「待たせてすまなかったな」

アイス・ラテを運んできてくれた。

丈くんが、

「この寒いのにさすがだよな」

と笑う。

「さすがって何よ」

「べつにぃ」

少しして、ビニール傘を握った営業マンも店を出ていった。

厨房の中とフロア、両方の面倒を見なければならなくても、マスターの動きに澱《よど》みはない。

それでも、和泉くんがいた時はもっとスムーズだったな、とひそかに思う。週に何回かだけ来る眼鏡《めがね》のアルバイトくんだって決して悪くはないものの、それなりに古株の客としてはやっぱり、マスターと和泉くんが息の合った仕事をしていてこその『風見鶏』だと思ってしまう。

だめだ。今日は全然、本に集中できない。

窓の外へ目をやる。相変わらずの曇り空だけれど、さっきまでよりはほんの少しだけ明るくなってきたような気もする。

アスファルトはだんだん乾き始めて、まだ濡《ぬ》れたところと濃淡のまだらになっている。店の正面から道路の向こう岸へとのびた横断歩道が、まるで地面に横たわる梯子《はしご》みたいに見える。

さっきから、信号が青に変わっても渡ろうとしない人がいた。黒っぽいジャケット、首にはマフラー。何をしているのか、向こう側に立ち尽くしたまま、ずっとこっちを睨《にら》んでいるようだ。

信号が、ぴこぴこぴことまた点滅を始める。

私は、窓ガラスに顔を近づけ、じっと目をこらした。

「えええーっ」

大声が出た。

もう一度目をこらす。見間違いなんかじゃない。

「え、うそでしょう？　なんで？」

丈くんをふり返ったのに、何も訊き返してこない。私が何にびっくりして、何が〈うそ〉なのか、訊こうとしない。おかしい。

「どうした」

ようやく訊いてくれたのはマスターだった。私は言った。

「和泉くんが！」

「なに？」

「和泉くんが、あそこに」

ぴくり、とマスターの眉《まゆ》が跳ねる。でもそれだけだ。

信号がまた青になる。

「やだ、どうしよう。どうすればいいかな」

自分でもわけがわからないまま慌てふためいて、私はとにかく文庫本とかばんとコートをばたばたとひっつかんだ。騒がしくしたせいで奥の席のカップルが目を丸くしてこちらを見ているけれど、謝る余裕すらない。

「あの、マスター……とりあえず私はここにいないほうがいいと思うんで！　すいませんけどこっちから失礼させてもらえませんか！」

人差し指で裏口のほうをまっすぐに指さしたら、マスターがほんの少し笑った。黙って頷き、厨房の奥のドアを開けてくれる。

「丈くん、また今度、ちゃんと聞かせて」

レジに代金を置き、後ろをすり抜けながら片手で拝むと、丈くんもやはりほんの少しだけ笑った。

「了解」

それを聞いて、とっさの判断は間違っていなかったのだとわかった。

マスターの後についてストックの並んだ戸棚の間を通り抜け、裏口から外へ出る。冷たい空気が身体《からだ》を包み、私はようやく息をついた。

どういうわけか、出てきた今になって、店でかかっていた曲が耳の中で鳴っている。

キャロル・キングの、『You've Got a Friend』。

どうしようもなく辛《つら》い時は私のことを呼んで、すぐに行くから――そんなふうな、友を想う歌だ。

ふり向くと、マスターがずいぶん優しい目でこちらを見ていた。長いことトレードマークだった髭《ひげ》がなくなったせいで、前よりずっと若く見える。

「悪かったな。気を遣わせた」

「いえ、こちらこそすみません。びっくりしちゃって。あの……」

訊こうとして、私はためらった。和泉くんが何をしにここへ来ようとしているかなんて、いま訊いたところでマスターにだってわかるはずがない。

「また、伺わせて下さい」

それだけ言うと、マスターは深く頷いた。

「ああ、いつでもおいで。その時はアイス・ラテをサービスするよ」

そうだ。せっかく淹れてもらったのに、まだ半分も飲んでいなかった。

「じゃあな」

笑みを消して真顔になったマスターが、中へと戻っていく。祈るような想いで見送っていたら、すぐ近くからかすれた鳴き声がした。

見ると、カフェオレだった。飲みものじゃなくて猫のほうの。

薄茶色でふわふわの毛並みにも喫茶店の居候《いそうろう》にもふさわしい名前は、かれんさんがつけたと聞いている。そのカフェオレは今、おそらくマスターに用意してもらったのだろう古い木箱の中で、仲良しの白猫と丸くなって寛《くつろ》いでいた。

裏口に面したこの場所は、昔はただの空き地だったけれど今では時間式の駐車場になっている。でも、隅っこで外猫がくっついて眠っているのを誰も邪魔したりしない。そうしたのどかさが、この町の良さかもしれない。

見上げると、雲の間から少しだけ薄陽《うすび》が射《さ》し始めていた。

今朝のうちに鴨川へ帰ってしまったというかれんさんは、和泉くんが帰国していることを知っているのだろうか。

4　*Daydream Believer*

留年するたび、今度こそ卒業しなければと思って、俺も一応の試験勉強はするわけだ。おかげで、取り残している単位数がちょっとずつ減っていった結果、今では一週間のうち二日か三日くらい大学へ行き、ぽつぽつと授業やゼミに出ればよくなった。

残っている単位の半分くらいは、専門科目ではなくて〈パンキョー〉と呼ばれる一般教養科目だったりする。〈体育〉だとか〈英語A〉なんていう科目はふつうなら一年次のうちに、遅くとも二年次までには履修《りしゅう》してしまうものなのだが、そういうのを取るのがただただ面倒くさくてほうっておいたらこのざまだ。

星野りつ子には、

〈先輩、ばっかじゃないの？〉

と思いっきり呆《あき》れられた。

疑問形に留《とど》めておいてくれるあたりが彼女なりの情けのように思えるし、俺自身、ばっかじゃないとは言いきれないので仕方がない。どうやら俺には、単に黙って従えばいいだけとわかっているのにそうできない、へそ曲がりなところがあるらしい。

留年のもうひとつの原因となった部活には、このごろは顔を出すのをやめていた。俺が三年の時の一年生が、春からはもう社会人になるのだ。歳《とし》ばかり食った俺みたいなのがいつまでも覗《のぞ》きに行ったら、幹部だってやりにくかろう。

とまあそんなわけで、授業に行かなくていい日や、午後が丸ごと暇な日を利用して、俺はバイトを山ほど入れ、自動車教習所にも通った。実技教習では教官に褒《ほ》められまくり、本試験も一発合格で免許を取得。頭のほうはアレだが、こういうことにかけては苦労したためしがない。

近い将来、大型の免許も取ろうと思っていると話したら、これまた星野のやつに、先輩いったいどこを目指してるんですか、と驚かれた。

目指しているつもりはないが、それでなくとも就職難のご時世だ。いわゆるふつうの会社は、留年三回という輝かしい経歴を持つ〈新卒〉をほいほい採用してはくれないだろう。俺は俺で、自分を食わせてゆく方法を考えて備えておかなきゃいけない。

「なるほどねえ」

と、星野は言った。

「ただの呑気《のんき》な夢追い人《びと》かと思ったら、そういうとこ、意外と堅実なんですよねえ」

「意外？　何言ってんだ、見たまんまじゃんか。俺ほど堅実な人間はいねえだろ、ええ？」

「はいはい。ほら、早く免許証渡して下さいよ」

やり取りを見ていた受付のお姉さんが、なぜだか引き攣《つ》った笑みを浮かべながら俺の免許証を受け取って、そそくさとコピーしに行く。

日曜日の晩、俺たちはレンタカー屋のカウンターに来ていた。実際に車が必要になるのは明日の早朝なのだが、近くの営業所はどこも朝八時からでないと開かないから、今晩のうちに借りておくことにしたのだ。

「あのう、運転されるのは、お客さまお一人で間違いないでしょうか」

と、戻ってきたお姉さんがか細い声で訊《き》く。

「そうっスよ。何か？」

できるだけ感じよく笑いかけると、

「い、いいえ何も」

と激しく首を横にふった。

そう、運転するのは俺だが、申込書は星野が代わりに記入してくれている。何しろ俺の字は、こんな事務的な書類などにはもったいないほど芸術的かつ独創的なのだ。書いた俺にも読めないいくらいだ。

「大丈夫ですよ。この人、こう見えて運転うまいから」

星野が、書き終えた申込書を差し出す。暗に、

〈怖がらなくても急に咬《か》みついたりしませんからね〉

とでもいうような彼女の微笑《ほほえ》みに、お姉さんはようやくほっとした様子だった。

借りたのは、ふつうのセダンよりひとまわり大きめのSUVだった。聞くところによれば秀人さんという人はかなり大柄《おおがら》だそうだし、和泉のぶんと二人合わせた荷物がどれくらいの量かもわからない。何より、東京の街を突っ切って高速道路を成田まで走るとなると、あまり小さい車では、運転するほうも乗っているほうも疲れる。

車体についた小傷の立ち会い確認などをひととおり済ませた後、俺と星野はそれぞれ運転席と助手席に乗り込んでドアを閉めた。

ナビ画面に表示された時刻は、18：35。

「暇ならどっかでメシでも食ってくかあ」

俺は言ってみた。

「暇ってわけじゃないですけど、いいですよ。どこ行きます？」

「そりゃおめえ、『ココッス』だろう」

光が丘の駅からほど近いファミレスで、広めの駐車場があるのがありがたい。

しかし星野は、やれやれと呆れたようなため息をついた。

「先輩」

「お？」

「曲がりなりにも女子を誘っといて、ファミレス以外の選択肢はないんですか」

「他にどこがあんだよ」

「どこって、お洒落《しゃれ》なお店くらいいくらだってあるじゃないですか。せっかく車があるんだから、何もこのへんじゃなくたって」

「ばか言えぇ。そんな店なんかどうせ、メニューが読めねえくらいちっちゃい横文字で書いてあって、ただのビールが『来々軒《らいらいけん》』のラーメン二杯分よか高いんだぞ」

「よく知ってますね」

「前に、おふくろと若菜に付き合わされたことがあんだよ」

俺にはイタリア料理なのかフランス料理なのかもよくわからなかった。メイン料理までが前菜の一種なんじゃないかと疑いたくなるくらいのささやかさで、まったく食った気がしなかった。帰りに一人でそれこそ『来々軒』に寄り、ラーメン&チャーハン定食を平らげたくらいだ。

「お洒落な店なんか、誰か他の男に連れてってもらえ。な？」

と、星野をなだめる。

「今日のところは、いつものファミレスでお互い好きなもん食おうぜ。『ココッス』なら、俺がドカンと肉を食おうがドリアを追加しようが、おめえは自分の食えそうなもんを好きに頼みゃいいんだしさ」

黙っていた星野が、ややあって、ふむ、と鼻を鳴らす。ちょっとは納得したらしい。

「わかりましたよ」

と、彼女は言った。それから、もう一度鼻から、今度ははっきりとしたため息をついて付け加えた。

「っていうか、ほんっとわかりにくいんだから」

「あん？」

「何でもないですー。早く行きましょ、お腹《なか》すいた」

「お、おう」

なんとなく嬉《うれ》しくなって、俺はエンジンをかけ、ギアを入れて走りだした。

星野りつ子の口から〈お腹すいた〉の一言が聞けるなんて、二年くらい前には考えられなかったことだ。あの頃の彼女は、食べることに何の意欲も示さなかった。意図して食べたとしても雀《すずめ》の涙ほどだったし、無理に食べると吐いてしまっていた。意図して食べようとしないとかじゃなく、ほんとうに食べられなかったのだと思う。

こういうのは原因も表れ方も人それぞれだそうだが、星野の場合、現状を受け容《い》れることを拒否する心が身体《からだ》にも作用してしまって、結果として食べものを受け付けなくなっているらしい、と和泉から聞いた。

和泉勝利……。

あいつへと向かう星野の気持ちが、今どんなふうに変化を遂げ、心のどういう部分にしまわれているのか、俺にはわからない。わからないことを、わざわざこちらから根掘り葉掘り訊こうとも思わない。一時はがりがりに痩《や》せてしまうくらいしんどくて、それでも断ち切れなかった想《おも》いが、そんなに簡単に消えてなくなったりするはずはないのだから。

澱《よど》んでいた物事が動き出すきっかけは、やはり和泉自身が作ったと言えるんだろう。

昨日の晩、星野からかかってきた電話で、俺はヤツの帰国を知った。

自分から『風見鶏』のマスターを訪ねようとしながら最後の横断歩道がなかなか渡れないあたり、和泉はなるほど和泉だなとも思ったが、それがどれほどの決意のもとになされたかということだけはわかるつもりでいる。これまではどうしても飛び越せなかった高さのバーを、あいつはとうとう越えたのだ。粉々に散らばっていたなけなしの勇気を必死にかき集め、それを唯一の支えにして。

一夜明け、今日の午後になって、俺らは二人して『風見鶏』を訪ねた。昨日から一晩じゅうそのことしか考えられなかった星野に、

「もう無理！　もう我慢できません、先輩も付き合って下さい！」

半ば強引に引っぱられていったわけだ。

もちろん俺だって事情はちゃんと知りたい。何しろこっちは、来月早々にもオーストラリアへ押しかけるつもりでいたくらいなのだ。他人の事情にまで踏みこむのがあまり好きでない俺も、和泉の一件では気を揉《も》んでいた。頼んでないと言われたらそれまでだが、誰にだって大事な友人を心配する権利くらいある。

「ああ、でも、野次馬根性だと思われたらどうしよう」

土壇場《どたんば》になって迷いだした星野の代わりに『風見鶏』のドアを引き開けた。店内はけっこう賑《にぎ》わっていたが、マスターがさっさとドアの外に「CLOSED」の札をかけ、客が一人また一人と帰っていった後は、ほどなく店の中にいるのは俺たちだけになった。

「明日にはまたウルルへ帰るんだとさ」

と、マスターは言った。

「いつからこっちに帰ってきてたんですか？」

と星野が訊く。

「金曜の朝」

「え、じゃあ、たったの三日間？」

「そうなるな」

俺らは顔を見合わせた。移動距離と時間を考えれば、ほとんどとんぼ返りみたいなものだ。

「来た時、どんな様子でした？　私が見た時は、道の向こうでめちゃめちゃ硬くなってましたけど」

「俺が見た時もそうだったよ」

店が終わったあと時間を取ってもらえないかと言って、和泉は約束どおり、夜になってから改めてここを訪れたそうだ。

「元気そうでした？」

「うーん、どうかな。そのへんはやや微妙だな。顔の形はいささか変わったかもしれんし」

「えっ」

「だけどまあ、最終的にはうちで由里子の作った飯を食ってったぐらいだから、心配はないさ。少しは憑《っ》きものが落ちたんじゃないか？」

「『憑きものが』って、たしかマスター昨日、かれんさんのこともそう言ってましたよね」

と星野。

「もしかして……逢《あ》えたんでしょうか、あの二人」

「ああ。どうやらそうらしい」

その答えを聞くなり、俺の隣に座る星野の肩から、ほーっと力が抜けていくのがわかった。

「……よかった」

ちょっと鼻の詰まったような声で彼女は言った。

「逢えたのもそうだけど、その、事故に遭《あ》った大家《おおや》さんが助かって、ほんっとうによかった」

俺もまったく同じ思いだった。生きている者は必ずいつか死ぬとはいえ、せめて和泉の周りでは、そういうことはしばらく起こらないで欲しいと心から願う。

「和泉のやつ、帰りは成田空港からっスよね」

ほとんど初めて口をきいた俺を、星野が驚いたように見る。

「明日、何時ごろの飛行機だか言ってましたか？」

「おう。朝の、かなり早い時間の便だって言ってたぞ。こっちを六時過ぎには出るとか」

「……そうっスか」

「まあ、今回は会えなくてもしょうがないさ」と、マスターは言った。「きっとまた近いうち帰ってくる」

ややあって『風見鶏』を出たものの、そこからしばらくの間、星野は心ここにあらずといった感じでぼんやり歩いていた。駅の方角へ向かってはいたが、おそらく行き先なんかまるで考えていないに違いなかった。

「なあ」

俺が呼び止めるとようやく立ち止まり、ゆっくりふり返る。

「大家さんちの連絡先、知ってるか？」

怪訝《けげん》な顔で、彼女が首を横にふる。

「そっか。ま、調べりゃわかるよな」

「……どうしてですか？」

「訊いてみるんだよ。その秀人さんて人に、明日の予定を」

「え？」

「和泉の顔、見たいんだろ？」

「……先輩」

「俺は見てえよ。マスターに殴られたあいつがどんな面《つら》になったか、見てやろうじゃねえかよ」

「やっぱり、殴られたのかな」

「きまってんだろ」

顔を見るだけじゃなく、少しは話だってしたい。それには、車を借りて俺たちが成田まで送ってってやるのがいいんじゃないか。

そう提案してみると、星野は、じわじわと泣き笑いの顔になって俺を見つめた。何というかこう、こっちの背筋がこそばゆくなるような表情だった。


朝六時に森下家まで迎えに行くと、和泉はよほどびっくりしたようだ。

「ちょ、な、……なんで……?」

口をぱくぱくさせて棒立ちになっているヤツを見て、こっちとしてはじつに爽快《そうかい》だった。してやったりとはこういう気分を言うんだろう。

「よう」

車を降り、片手を挙げて俺は言った。

「いいから、早いとこ荷物積めや」

人生で一、二を争うくらいクールに決まったと思う。

東京都を突っ切って湾岸線から千葉県に入ったのちは、東関東自動車道を北東へとひた走ること一時間弱。成田国際空港には思ったよりずっと早く着いてしまった。

和泉と秀人さんを降ろし、手をふって別れた後で、星野りつ子はまた長いこと黙っていた。もしかして一人静かに泣いていたりしたらどうすればいいんだ、と内心びくびくしながら横目で見やると、意外や意外、彼女は何やらずいぶんさばさばした様子で窓の外を眺めていた。

「腹へってたりしないか？　大丈夫か？」

恐る恐る訊いてみたら、こちらを見て、くすりと笑った。

「先輩ってば、いっつも私のお腹のこと心配してません？」

「そうかな。いや、だってよう」

「ありがとうございます」

礼を言われるほどのことじゃない。

「ねえ先輩。このままちょっとドライブしませんか？」

「いいけど、どこへだよ」

「そうだなあ。なんか、海が見たいなあ。そうだ、葛西《かさい》臨海公園とか」

「ええ？」

「駄目なんですか？」

「いや……べつにいいけどよ。わかった」

　公園と名のつくような場所はどうせ恋人同士がイチャイチャと手をつなぎながら歩いているんだろうし、今の星野にそういう光景はちょっと刺激が強いんじゃないのかとも思ったが、まあ、本人が行きたいというものをムキになって反対することもない。

　湾岸線を途中で下りて、俺はだだっ広い駐車場に車を止めた。だいたい予想した通りだった。あっちにもこっちにも、寒いのをいいことに寄り添い合って手をつなぐ男女がいる。

　とはいえ、公園の敷地そのものは俺が思っていたよりもはるかに広かったし、ついでに平日のおかげもあって、カップルの熱々ぶりを間近に見せつけられるという苦難は回避できそうだった。

　巨大な観覧車があり、冬でも緑の芝草が広がり、ガラス張りの水族館なんかが点在していた。園内のスタンドでコーヒーとホットドッグを買って食い、遊歩道をのんびり歩いて砂浜へ出る。さすがに波に足を浸《ひた》すには寒すぎるが、それでも陽射《ひざ》しはかなり暖かく、ダウンジャケットの背中が汗ばむほどだ。

陽を受けてきらきらと輝く東京湾を見はるかし、同じくらいきらきらと目を輝かせていた星野が、ふと俺をふり向いた。

「ねえ、先輩」

「おう」

「私、嬉しいんです」

「おう、来てよかったな」

「え？」

「見たかったんだろ、海」

星野がちょっと笑った。

「そうですね。それもそうだけど——ほら、昨日、『風見鶏』でマスターから聞いたでしょう？　和泉くんとかれんさんが、やっと逢えたみたいだって」

「うん」

「あの時……私、めちゃくちゃ嬉しかったんですよ」

再び海へと視線を戻す。

「和泉くんがマスターや由里子さんときちんと話せたのも、森下さんが大変なことにならなくて済んだのも、ほんとによかったし嬉しかったけど……でも、それと同じか、もしかしたらそれ以上に、あの二人がもう一度逢えたっていうことが嬉しかったんです。和泉くん、今回は向こうへ帰らなきゃいけなかったけど、いつか近いうちに二人が元に戻れますように、って。心の底から全力でそう祈ってる自分に気がついて、私、なんだかものすごくほっとしたんですよ。そりゃ、和泉くんのことなんてもうとっくの昔に思いきってましたけどね、それでもしばらく前までは、何ていうのかなあ……胸のどこか隅《すみ》っこに、ちょっとだけかれんさんのことを羨《うらや》むような気持ちがあった気がするんです。妬《ねた》みとかじゃなくて、ただ羨ましいだけだったんだけど。でも今回はそういうのさえなくって、自分でもびっくりするくらい晴れ晴れと二人の幸せを祈ることができちゃって……」

俺は、黙って聞いていた。無理をしているんじゃないかと表情を探っても、彼女の横顔に曇りなどは少しも見えない。

と、星野がくるりとこっちに向き直った。

「やっぱ、先輩のおかげかなって思うんですよね」

「へ？」

「へ、じゃないです」

「いや、え、何の話だ？」

「だからぁ……んもう、今の私の話、ちゃんと聞いてました？」

「や、聞いてたけどよ。そのことと俺と、どう関係があんだ？」

はああーっとため息をついた星野が、いきなり不機嫌そうな顔になって俺を睨《にら》んだ。

「先輩の良くないところはですね」

「あ、はい」

「ぜんっぜん的はずれなとこで自信家なわりに、もっと自惚《うぬぼ》れてもいいことに関しては謙虚すぎるところです」

「ええと、もうちょっと簡単に言ってくれ」

はああーっとまたため息だ。

「だからね。つまり先輩は、自分で思ってるよりずっといい男だって言ってるんですよ」

びっくりした。いいひと、と言われたことさえほとんどないのに、いきなり「いい男」ときたもんだ。ちょっと言葉が出なくてぽかんとしてしまう。

「そんな、バナナを投げつけられたゴリラみたいな顔しないで下さい」

……ひどい。

「ねえ先輩」

「はい、何でしょう」

「告白って、されたことありません？」

「告白？　……罪の告白？」

「ちがいます」

「ちがう」

「ちがいます。そうじゃなくて、『好きです』っていう告白です」

「あ、そっちな。いわゆる恋の」

「そうです」

「……あるわけねえだろうがそんなもの！」

思わず声が裏返ってしまった。

砂浜のちょっと離れたところにいるカップルがこちらをふり返る。それこそ、ゴリラがいたいけな子ウサギを恫喝《どうかつ》していると思われているのかもしれない。

ちがうんです、ほんとは子ウサギのほうが凶暴なんです、俺にバナナを続けざまに投げつけやがるんです……！

身の潔白を主張するかわりに声をひそめ、俺は言った。

「あのなあ、星野。人を見てものを言えよ。この俺が、一生かかったってそんないい目にあえるわけがねえってことぐらい、お前がいちばんよく知ってるじゃねえか。この四年間、すぐ近くで俺を見てきたお前がよ」

いきなり、星野がニコッと笑った。

「ですよね」

「え？」

「私が、いちばん近くで見てたんですよね」

「うん」

「先輩のこと、誰よりも知ってるのはきっと私ですよね」

「そうだともさ」

「その私が言うんですから、よく聞いて下さいよ」

「おうよ」

「好きです」

「そうか」

「ええ。私、先輩が好きです」

「ありがとう。俺のことをわかってくれるのはお前くらいだよ」

ちょっとばかり照れてしまって、もじもじしながら礼を言ったのだが、

「そうじゃなくて……ううん、確かにそれはそうなんだけど！」

はああーっと、星野がもう何度目かのため息をついた。これまでで最も深いため息だった。

おまけに口の中で捨て台詞《ぜりふ》のようにぶつぶつと、この昼行灯《ひるあんどん》の鈍感野郎めが、など呟《つぶや》いている。怖い。

「もう、いいです」

すっかりふくれっ面になった星野が言った。

「帰ります」

「え、何だよ急に。どうしたんだよ、わけわかんねえよ」

「だからもう、いいです。一生そうやって、夢でも見てるみたいに薄ぼんやりと生きていけばいいんじゃないですか」

「ちょ、待てって星野、そんな怖い顔すんなって」

よく聞けと言うからちゃんと真剣に話を聞いていたのに、なんで怒られるのかさっぱりわからない。

「なあってば、教えてくれよ、なに怒ってんだよう」

星野は返事もせずに、来た道をすたすたと戻っていく。俺は仕方なく彼女の後を追いかけた。

とはいえまあ、しばらくすれば機嫌も直って、またイイ顔で笑ってくれるだろう。俺だって、だてに四年間もこいつのいちばん近くにいたわけじゃないのだ。

5　*Whatever*

レンタカーを返した帰り、お兄ちゃんはうちに寄った。たったの三日だけ帰国していた和泉センセを、今朝、車で成田空港まで送って行ったんだそうだ。

お兄ちゃんにしては上出来だし、星野のりっちゃんも一緒だったと聞いて、あたしは何だか嬉《うれ》しかった。

「まあまあ元気そうだったぜ」

「ほんと！　よかった」

お母さんはまだ帰ってないけど、ゆうべのカレーくらいならある。

「食べてく？」

と訊《き》くと、お兄ちゃんはめずらしく首を横にふった。

「もう入んねえ」

「りっちゃんと食べてきたの？」

「おう」

「どこで？」

「来々軒」

「お兄ちゃんってさ、ばかなの？」

「へ？」

「まあ、別にいいけどね。りっちゃんがいいなら」

インスタントコーヒーを出してあげると、お兄ちゃんはあたしにお土産《みやげ》をくれた。

箱入りのまぐろチップスと、妙にリアルな青い魚のぬいぐるみだ。

「何これ」

「クロマグロ」

「じゃなくって、どうしたのこれ」

「帰りに葛西の海っぺりの水族館で見つけた」

「なんでそんなとこへ」

「や、星野のやつが、海が見たいとか言うからさあ」

ああ……と察して、あたしは黙った。

前に、りっちゃんから聞かされていた。りっちゃんは、和泉センセのことがずっとずっと好きだったのだ。

でもセンセには他に好きな人がいて、ふり向いてもらえる可能性なんかただの一パーセントもなくて、だからさっさとあきらめなきゃいけないんだと思えば思うほどつらくなっていって、とうとうご飯が食べられなくなった。そんな話、きっと人には言いたくなかったはずなのに、りっちゃんはあたしのために打ち明けてくれた。

空港まで和泉センセを見送った後、海が見たくなった気持ちが、少しはわかる気がする。りっちゃんの中では、今日がほんとうの〈終わり〉だったのかもしれない。

ぬいぐるみをまじまじと見つめていたら、お兄ちゃんはちょっと気遣《きづか》わしげに言った。

「ダメだったか」

「え？」

「クロマグロ。可愛《かわい》くねえか」

「ううん」

にっこりしてみせた。

「大丈夫、たぶん可愛いよ。前にもらったクマの隣に並べ……るのは無理だろうから、ベッドに置いて一緒に寝るね」

みごとにほっとした顔になる。大学も七年目になろうという男が、ここまでわかりやすすぎるっていうのもどうなのかと思う。

「和泉の野郎、お前がまたガッコへ行くようになったって話したら、ぼろっぼろ涙流して喜んでたぜ」

「もう、またすぐそうやって話を盛る。いいから、ほんとのことだけ教えて」

「ほんとだってばよ」

喜んでくれていたのは本当みたいだった。何の挨拶《あいさつ》も説明もなく家庭教師を辞めてしまったのをすごく気にしているらしくて、あたしに〈ごめん〉と〈ありがとう〉と、〈次に帰ってきたらきっと会いに行く〉、そう伝えて欲しいと言っていたそうだ。

〈ごめん〉はわかる。だけど、

「なんで〈ありがとう〉なんだろ」

あたしが言うと、お兄ちゃんは肩をすくめた。

「そりゃあ、お前が心配してくれたからだろ。こないだ言ってたじゃんか。もしもオーストラリアへ短期留学できたら、ついでに会いに行けるかな、とか」

「うそ、それ喋《しゃべ》っちゃったの？」

「べつにいいだろ。どうせ遠くて会いに行けねえってわかったんだし」

そう、和泉センセがいるウルルは、ほんとうに遠い辺境の地なのだった。オーストラリアの都市というのはほとんどが沿岸部にあって、大陸のおへそのようなウルルまではどの街からも同じくらい遠い。少なくとも〈ついで〉で行けるような距離じゃないのは明らかだった。

それに、最近、あたしはちょっと別のことを考えていたりもする。中沢《なかざわ》先生に留学のことを相談するうち、他にどうしても行ってみたい国と、会いたい人ができたのだ。

その人のもとを本当に訪ねていくつもりなら、夏休みなんて悠長なことを言ってないでもっと急いだほうがいいんだろうけど、かといって春休みはすぐそこだ。今からいろいろ準備して間に合うのかと思うとつい腰が引けてしまう。

「あいつ、お前に手紙書くみたいなこと言ってたけど……」

コーヒーをすすりながらお兄ちゃんは言った。

「あれでいてけっこう忙しいみたいだからさ。まあ、そのうち忘れた頃にでも届くんじゃないか？　うんと気長に待っててやれよ」

　お兄ちゃんらしい気遣いだった。和泉センセとあたし、両方への。

　顔や態度は怖いけど、こんなふうにいいところだってけっこうあるのに、世の女の人たちからはなかなかわかってもらえない。なぜなら、そう、顔や態度が怖いから。

「お兄ちゃん」

「あ？」

「りっちゃんのこと、大事にしなよ？」

「う？」

「あんな奇特《きとく》なひと、他にいないよ？　お兄ちゃんがこの先どんだけ長く生きたって、りっちゃんみたいな物好きなひととは二度とめぐり逢《あ》えないんだから、いいかげん男の本気も見せないと」

「え？」

「身の程知らずだってわかっててもさ、世の中、うっかり何が起こるかわかんないんだし。いっぺんくらいは強気で行っとかないと、後からどれだけ後悔しても知らないよ？」

「ええと……ちょっと何言ってるかわかんねえ」

あたしは、げんなりした。

「もういい」

「あ、それ、星野にもおんなじこと言われたぞ」

「いつ」

「今日だよ。今の今までにこにこしてたと思ったら、いきなり怒り出すんだもんなあ。わっけわかんねえ」

しょうがないか、と思ってみる。だって、マー兄ちゃんだもの。家族や友だちが問題を抱えている時はちょっと意外なくらい素早く気がつくくせに、お兄ちゃんは昔から、自分自身のこととなると冬眠中のクマより鈍いのだ。

とりあえずは、りっちゃんに願いを託す。ようやく和泉センセへの気持ちに終止符を打ったりっちゃんが、あの性格のまんま、サバサバっと他の誰かと付き合ってしまったりしないことを祈るしかない。

万に一つの可能性もないことはわかりきってるけど、妄想してみるくらいはかまわないだろう。りっちゃんがいつの日か、まかり間違ってあたしのおねえちゃんになってくれること——それが、不肖《ふしょう》の兄を持つあたしの悲願なのだった。

うちの郵便受にエアメールが届いたのは、ほんの数日後のことだ。和泉センセはそれを、お兄ちゃんたちと別れて飛行機に乗るなり空の上で書いて、シドニーの空港で投函《とうかん》してくれたのだった。

あたしは自分の部屋へ行き、端っこをきれいにハサミで切って開封すると、ベッドの端に腰を下ろした。すぐ隣にはクロマグロのぬいぐるみが、首？　エラ？　のところまで布団をかぶって寝ている。大きく深呼吸をしてから、トレーシングペーパーより薄い便箋《びんせん》をひらいてみた。

家庭教師をしてもらっていた頃、予習復習用のノートに時々書き込まれた懐かしい文字が並んでいた。冒頭に、〈若菜ちゃんへ〉とあるのを見ただけで、胸が熱くなる。

どんなに小さい約束でも、必ず守るひとだった。英語の勉強のついでに洋楽のCDを貸してくれるとか、自分が昔使っていた参考書を持ってきてくれるとかはもちろん、たまたま話題に出たコンビニのスイーツひとつであっても、和泉センセが「今度持ってくるよ」とか「買ってくるよ」と言ったらそれは絶対なのだった。

あたしが学校を休むようになってからも、センセはお兄ちゃんを通じて、勉強したくなったらいつでも教えに行くからと言ってくれていた。その彼が、ある日突然、こちらからの連絡もつかない状態になるというのがどういう意味を持つことだったか、こうしてふり返るとよくわかる。要するにあれは、異常事態だったのだ。それまでの自分を保っていられなくなるくらいの出来事が、和泉センセの身に起こったのだ。

前に、お兄ちゃんが言っていた。

〈和泉は……人として大変なことをしでかしちまって、どうしてもこっちにいられなくなったんだ。もちろん、わざとやったことじゃねえよ。最悪の偶然が重なった結果だっていうふうにも言えるかもしんねえ。けど、だからって簡単に許されるようなことじゃなかった〉

あの時、お兄ちゃんは詳しいことを教えてくれなかった。和泉センセからこうして届いた薄い便箋にも、いきなりあんなにも遠い国へ行ってしまった理由は書かれていなかった。

でも、そんなことはどうでもいい。あたしには和泉センセの書いてくれた謝罪の言葉が心の底からのものだとわかるし、お兄ちゃんと交わした約束を、こうしてすぐ形にしようとしてくれたことが嬉しかった。

きっと、いちばん大事なことは、相手をどれだけ尊重できるかなんだと思う。お兄ちゃんと和泉センセとりっちゃん、友人同士三人の付き合い方のどこが素敵かというと、それだって突きつめていけばたぶん、距離感だ。

お互い、すごく深く相手のことを考えてるのに、必要のないところから先は踏みこまない。冷たいからじゃなくて信頼してるからこそ、相手の判断に任せようとするし、相手が自分から変わっていくのを黙って見守ろうとする。

学校を休んでいた間のあたしに対してもそうだった。元カレの新しい彼女から逆《さか》恨《うら》みされて、学校中にへんな噂《うわさ》をばらまかれて、頭にまぁるいハゲができて、自分で髪をズタズタに切って、でもそのことを誰にも打ち明けられなくて、どんどん自分のことを嫌いになっていって、こんなあたしなんかもうどうでもいい、いっそどこまでも堕ちていってしまいたい——そうしてやけっぱちになって家に引きこもっていた間、あのひとたちは、ただ黙ってそばにいるだけで、あたしから無理やり何かを聞き出そうとはしないでいてくれた。

どれだけ救われたかわからない。

このままでいてもいいんだ、と思えた。ずーっとこのままじゃさすがに良くないだろうけど、無理をして今すぐ強いあたしになれなくたって、このひとたちはちゃんと見ていてくれる。今のあたしがダメだからって見捨てたりしない。

言ってみればそれは、生きていく上で必要最低限の、自信と安心だった。三人のおかげでそれを確保できたからこそ、あたしは、ゆっくりと自分のペースでもう一度やり直すことができたのだ。

手紙の終わりのほうに、和泉センセはこんなことを書いてくれていた。


きみが学校を休んでた事情についてはまだ何も知らないけれど、いっぺん立ち止まって座り込んでしまった後でもう一度立って歩きだすのがどれほど大変かってこと、僕も少しは知っているつもりです。

暗い穴の底で膝《ひざ》を抱えているほうが、苦しいようでいてじつは楽だったりもするものなんだよね。こんなことして逃げてたって何にもならない、そのことは自分がいちばんよくわかっていても、今とりあえず安全な場所から外へと出ていくのは大きな力が要《い》る。

その力業《ちからわざ》を成し遂げて、歩きだす勇気を持てたきみのことを、僕は、これからの自分の手本にしようと思います。

それと、絶対に忘れないようにする。若菜ちゃんが勇気を奮い起こすことができた背景にいろんな人たちの想《おも》いがあったのと同じように、僕がほんの数日でも日本に帰ってきて会うべき人に会うことができたのは、きみをはじめとするたくさんの人たちのおかげなんだってこと。

ありがとう、若菜ちゃん。僕はきみを尊敬します。

今回は時間が足りなくて顔を見に行けなかったけど、次に帰国したら、直接会ってゆっくり話すチャンスを下さい。


最初に読んだ時はわりと平気だったのに、くり返し読むうちに鼻の奥がじわじわと湿ってきて、一粒、二粒と涙がこぼれてしまった。

〈逃げてたって何にもならない〉

和泉センセも同じだったんだ、と思った。学校を休んでいる間じゅうあたしをいちばん責め苛《さいな》んでいたのはまさしく、自分の頭の内側で鳴り響くその言葉だったのだ。

それくらいのこと、よくわかっているからこそ苦しい。

わかっているのに動けない自分が情けなくてたまらない。

悪循環のスパイラルが身体《からだ》の奥へ奥へとぐいぐい食い込んでいって、心臓や胃袋を締め上げ、なおさら身動きできなくさせていた。それこそ、りっちゃんやお兄ちゃんがああして根気よく会いに来てくれなかったら、一人でなんか立ち上がれなかったに違いない。

丁寧にたたんだ手紙を封筒にしまうと、あたしはベッドに寝転がり、クロマグロを抱きかかえた。

どういう向きで抱っこしようとしても「獲《と》ったどーーー！」的な絵面《えづら》になってしまうのがアレだけど、調べてみたら葛西臨海公園の水族館ではクロマグロのグッズがダントツの人気らしくて、お兄ちゃんはお兄ちゃんなりに狙い澄ましてこれを買ってくれたんだと思ったら、なんとなく可愛く思えてきた。

こたつの横のカラーボックスに目をやれば、同じくマー兄ちゃんが一昨年《おととし》のクリスマスにくれたピンクのクマのぬいぐるみがちょこんと座っている。あたしがおこづかいで買ってやった小さい座布団のおかげで、硬い棚でもお尻は痛くないと思う。いつでも機嫌のよさそうなその表情や、一緒に並んでいる辞書やなんかを眺めていたら、ふっと中沢先生の顔が浮かんだ。とくん、と胸の奥が音をたてる。

〈和泉くんも、そろそろ何とかしないといかんよなあ〉

英語の構文を教える時とはちょっと違う沈んだ声で、あのとき先生は言った。

〈僕が同じ立場だったらと思うとむやみに彼を責めることはできないけど、だからって一生ああして逃げ続けるわけにもいかないもんな。きみだって、自分で自分のことをちゃんと克服して学校へ戻ってきたわけだもんな〉

ぽかんとしたこちらの顔を見て、あたしがじつは和泉センセにまつわる事情なんて何も知らされていないのだと覚《さと》ったとたん、中沢先生はこれまで見たこともないくらい狼狽《うろた》えて、悪かった、今のは僕が軽率だった、申し訳ない、ほんとうにごめん、と謝った。あたしに対してだけじゃなく、あれは同時に和泉センセにも謝っていたんだと思う。

思えばあの時のあたしはまだ、お母さんどころかお兄ちゃんやりっちゃんにも誰にも、本当のことを話していなかった。再び学校へ通うようになってからも、そもそもどうして休んだかについては本当のことを誰にも言えずにいた。

なのに、どういうわけだろう。その日、気がつくとあたしは、中沢先生に何もかもを打ち明けてしまっていた。相手が担任だったらかえって難しかったと思うし、直前に和泉センセの話題が出ていなければやっぱり話せていなかったと思う。すべては、めぐり合わせだった。

〈話してくれてありがとうな〉

ひととおり聞くと、中沢先生は言った。

〈怖いもんだなあ、噂ってのは。最初にデマを流した人間は、たぶんそこまで酷《ひど》いことになるとは思ってなかったりするんだよ。いや、だから許してやれと言ってるんじゃなくてさ、口から一旦《いったん》出てしまった言葉はそれくらいコントロールのきかないものだってこと。佐藤《さとう》についてのそういう噂は、少なくとも僕の耳には届いてないから、いまだにまったく知らない生徒だっていっぱいいると思うよ。ただそのぶん、一人ひとりをつかまえて、違うよ、そんな事実はないよ、って否定して回ることもできないわけだもんな〉

絶望的な気分でうつむいているあたしに、中沢先生はなおも言った。

〈でも、安心していい。佐藤がそんな、誰かの大事な想いをわざと邪魔するような子じゃないってことは、ちょっと見ていればすぐわかる〉

え、と顔を上げると、先生は真剣な顔のまま微笑《ほほえ》んでいた。

〈そう、見てれば絶対わかるんだよ。誰にだってね。だから佐藤も、自分さえ疚《やま》しいことがないなら堂々と顔を上げてればいい。悪意のある嘘《うそ》をすぐ信じちゃうような相手はむしろこれからのきみには必要ないんだからほっとけばいいし、ほんとうに伝わってほしい人にはちゃんと伝わるはずだよ〉

〈……そうかなあ〉

と、あたしは呟《つぶや》いた。もらった言葉は嬉しかったけど、半分くらいは慰《なぐさ》めにしか聞こえなかった。

〈そうだって。信じなさい〉

中沢先生はなおも言った。

〈でも、もしもこれから先、その噂のことで何か辛《つら》い思いをしたら、どんな小さいことでも僕に話しにおいで。聞くことくらいはできるから〉

〈聞く、だけ？〉

〈もっと何かして欲しいわけ？　じゃあ、そうだな、持ち前の熱血教師ぶりを発揮してみようか。全校生徒の前で、佐藤若菜は人の彼氏を奪《と》ったりするようなやつじゃなぁい！　って演説をぶつとかさ〉

〈げ。絶対やだ、そんなの〉

〈だろ？〉

〈っていうか、中沢先生は熱血教師っていうのとは違うと思う〉

〈ふふん。さすがわかってるね〉

先生は笑った。

〈ま、とにかく。最終的に周りからの信用をなくすのは、適当な噂を流したほうの連中であってね。きみは大丈夫。失って困るものなんか、何ひとつ失ってない〉

〈……ありがとうございます〉

思わず涙がこぼれそうになり、それを隠そうとしたら、絞り出すみたいなへんな声が出てしまった。

中沢先生はあたしに向かって勇気づけるように頷《うなず》くと、ふいに、窓の外へ目をやって、ひとりごとみたいな感じで言った。

〈かわいそうだけど佐藤は、周りの友だちよりひと足早く、世の中の理不尽さを知ったんだな〉

意味が、よくわからなかった。

〈理不尽って?〉

〈うーん……物事の筋が通ってないこと。世間にはよくあることだけどね〉

〈……わかる気がする〉

〈この件だってそうだろ?　いったいなんで自分がこんな目に遭わなきゃいけないんだと思ったろうし、どんなにか辛かったろうけど——でも、そういうところをくぐり抜けた経験そのものは、いつかまた何か別の形で佐藤の助けになるかもしれな

いよ〉

その言葉は、あたしの胸にすとんと落ちて、なんだかすごく沁《し》みた。

きらきら輝いて見えることの全部がいいことばかりとは限らないし、その反対に、ひどい悪臭を放つものの全部が悪いだけとも限らない。世の中はなるほど理不尽かもしれないけど、一方ではそういうふうにけっこううまくバランスが取れているものなんじゃないかなと思った。

〈和泉センセは……〉

うん？　と中沢先生がこちらに目を戻す。

〈どういうことがあったのか、あたしはよく知らないけど……いつか和泉センセも、また堂々と顔を上げて帰って来られるかなあ〉

祈るような気持ちが伝わったのだろうか。

〈ああ。きっとね〉

中沢先生は深く頷いて言った。

〈僕は信じてる。あいつなら、絶対に乗り越えてみせてくれるってね。……ったく、そうでなきゃ困るんだよ〉

え、と訊き返したけれど、先生は首を横にふって口をつぐんでしまった。それもまた、ふだんの授業では見ることのない複雑な表情だった。

ベッドから身体が浮くくらいびっくりした。

「若菜ぁーー！」

「お風呂《ふろ》ーー！」

お母さんが階段の下から呼んだのだった。母親と息子、顔や姿は全然似ていないくせに、声の大きいところと心配性なところはそっくりだ。

「はぁーーい！」

同じくらいの大声で返事をしながら、クロマグロに元どおり布団をかけて起き上がり、大切な手紙を机の引き出しにしまう。

中沢先生が和泉センセを信じようとしているみたいに、あたしも、あたしを信じよう、と思った。どんなに実現が難しそうに見えることだって、絶対やり遂げると決めたら案外何とかなるかもしれないじゃないか。

前に和泉センセが、イギリスのロックバンド『オアシス』の、『Whatever』という曲を聴かせてくれたことがある。それまで洋楽なんてあんまり聴かなかったけど、あたしはいっぺんに彼らが気に入ってアルバムまで手に入れた。

きみは何にだってなれるし、どんなことだって言えると歌うギャラガー兄弟のメッセージが、いちばん辛かった頃のあたしをどれだけ力づけてくれたかわからない。そう、望めば何にでもなれるはずなのに、少なくとも今のあたしは、まだ本気で努力していない。諦めるにはいくらなんでも早過ぎる。

明日の放課後にでも、また中沢先生のところへ留学の相談に行って、その時、この手紙の話もしようと思った。

――和泉センセだって、もう逃げてなんかいないよ。

――あたしのことを尊敬してるって。自分のお手本にしたいって言ってくれたよ。

そう伝えたら中沢先生は、今度はどんな顔をするだろう。

あたししか知らない先生の顔を、もっとたくさん見てみたかった。

6　*Rainy Days and Mondays*

天野純子《あまのじゅんこ》が元気に笑っていたので、これが夢の中であることはわかっていた。覚めてしまいたくない。彼女の夢を見るのは久しぶりだし、少しでも長く彼女の顔を見ていたい。頑《かたく》なに目をつぶって眠りを引き留《とど》めようとしても、まるで霧が晴れるかのように脳が勝手に覚醒《かくせい》していってしまう。なおもしばらく抵抗したあと、俺は、あきらめて目を開けた。

天井がしらじらと明るくて、あれ、と思ったら、ちょうど授業終わりのチャイムが鳴った。

そうだった——風邪《かぜ》でちょっとばかり熱っぽかったので、午後から保健室のベッドで一時間だけ仮眠させてもらったのだ。他に生徒がいない時で助かった。

ついたての向こうで椅子《いす》の軋《きし》む音が聞こえ、間仕切りのカーテンが揺れて、白い顔が覗《のぞ》く。俺と目が合うと、あ、と眼鏡《めがね》の奥の目が少し見ひらかれた。

「ちょうど起こそうと思ったところでした」

保健教諭の桐島《きりしま》先生は言った。

「どうですか、中沢先生。少しは眠れました？」

「おかげさまで、すごく深く寝ちゃいましたよ。ありがとうございます」

クールビューティーという形容がぴったりだな、とこのひとを見るといつも思う。怪我《けが》の手当ての迅速さときたら折り紙付きだが、同時に、弱っている者には優しい。かれんさん……花村《はなむら》先生がこの学校で美術を教えていた頃、二人はとても仲が良くて、ちょくちょく一緒に帰ったりしていた。今でも付き合いは続いているのだろうか。

「熱、もう一度測ってみます？」

「いや、大丈夫です。いずれにしても今日は早めに帰りますんで」

「それがいいと思います。こういう時は、ちゃんと食べてしっかり寝るのがいちばん」

見送られるようにして保健室を出た。

そういえば、ゴシップに目のない生徒たちからの情報によると、桐島先生には恋人がいるらしい。なんでも、去年の夏だったかたまたま岩手のおばあちゃんちへ遊びに行った女子生徒の一人が、思いがけず桐島先生を見かけたというのだ。地元の人間しか知らないような古い洞窟のそばで、年下らしき彼氏が一緒にいたという話だった。

いったいどうしてその男が弟などではなく彼氏だとわかるのか疑問だった俺に、

「そんなの、きまってるじゃないですか！」

二年D組の佐藤若菜は力説したものだ。

「あたしの場合はお兄ちゃんですけど、百歩譲って、並んで海を眺めることはあったとしても、手をつないだりなんか絶対しないですもん。ぜったいに」

当初、オーストラリアへの短期留学を考えていた彼女は、なんだかんだで海外生活の長かった俺のところへちょくちょく相談をしにきていたのだが、話はこの通りしょっちゅう明後日《あさって》の方角へ逸《そ》れまくった。

「桐島先生ってば、かわいそう。学校の誰とも会いそうにないとこまで行って、やっと安心して手とかつなげたのかもしれないのに、決定的な瞬間を目撃されちゃってさ。噂《うわさ》にまでなっちゃって」

そういうきみだって、こうして片棒をかついでるじゃないか、と俺は言ってやった。自分が噂を流された時はあんなに嫌な思いをしただろう、と。

するると彼女は、ごめんなさい、と首をすくめて舌を出した。

「でもこれは、悪い噂じゃないから。いい噂だから」

「いい噂？」

「そう。その年下の彼氏がすごぉくかっこよくって、桐島先生とすごぉくお似合いだった、ってとこまでがセットだから」

やれやれ、と、俺はあきれて苦笑いするしかなかった。

と同時に、ふと思ったのだった。まるきり性格の違う桐島先生と花村先生があんなに親密だったのも、年下の恋人、という共通項があったせいなのかもしれないな、と。

いやはや、まったくもってやれやれだ。

何年にもわたって地球のあちこちをほっつき歩いていた頃は、今よりずっと頻繁に純子の夢を見た。当然ではある。旅に出たのは、彼女を喪《うしな》ってすぐのことだったから。

あの日。――忘れもしない、あの夏の日。

梅雨《つゆ》の終わりの置き土産《みやげ》みたいな雨が一週間も降り続いた後で、朝から久しぶりによく晴れた気持ちのいい月曜日だった。小学校の教師をしていた純子は、夏休み前の家庭訪問で、クラスの男の子の家を訪れることになっていた。街の西のはずれ、小山を背にした集落だ。

こんもりと緑の生い茂る小山の上には、霊験あらたかと評判の神社がある。

〈早めに行けたら先にお詣《まい》りして、博巳《ひろみ》のぶんもお守りをもらってきてあげるね〉

朝出かける時、彼女は言った。

〈どういう分野がいい？〉

〈分野？〉

〈やっぱり交通安全？　それか、健康祈願？　勝負ごとのお守りもあるって聞いたけど、博巳、ギャンブルはしないもんねえ。あ、仕事上の勝負だって考えればいいのかな〉

〈大丈夫だよ。たぶん、全部をカバーしてくれる万能のやつがあるはずだから〉

〈そっか。じゃ、それにしよう〉

悩んで損したとばかりに純子が笑う。神様より何より、そうやって想《おも》ってくれる彼女の気持ちこそが俺を守ってくれている気がした。

当時の俺は、今から思うと嘘《うそ》みたいだがまじめな銀行員で、新人ながら日々けっこうな額の融資を取り扱っていた。忙しかったが同時にやり甲斐《がい》もあったし、給料の中から少しずつ貯金だってしていた。

盆休みには純子を誘って、どこか景色のいいところへ出かけるつもりだった。二年以上も一緒に暮らす中で、互いに唯一無二の存在なのはとうにわかっているけれども、物事にはやはり踏むべき手順というものがある。結婚するからには、まずはきちんとプロポーズをするべきだ。

純子は何と言うだろう。何しろ勝ち気で、俺などはどちらかというと尻に敷かれている状態だが、男と女なんかそれくらいでちょうどいいのだ。どうしたって男の側が体力的にはまさってしまうのだから、それ以外の部分で相手を押さえつけるようなことはできるだけ少ないほうがいい。

譲ったり譲られたり、守ったり守られたり、いちばんに相手のことを大切に想ってリスペクトしていれば、そうそうおかしなことにはならない。純子だって、どんなに怖い顔で怒ることがあったって、数時間もすればもうケロリと笑っている。そのさばさばとした豪快さが、俺はとても好きだった。誰に対してもポーカーフェイスで接してしまいがちな俺には、とうてい真似《まね》のできない美質だと思って尊敬もしていた。

電話がかかってきたのは、その日の夕方、そろそろ日も傾き始めた頃だった。

純子の勤める小学校の教頭だと名乗ったその人は、

〈緊急時の連絡先がこちらになっていましたので〉

早口にそう前置きをしてから、俺に用件を告げた。

そこからしばらくの記憶が、まだらに抜け落ちている。はっきり思い出せるのは、駆けつけた先で目にしたあまりにも異様な光景ばかりだ。

燃えさかるような夕焼け空を背景に、小山はそのシルエットをまったく変えてしまっていた。斜面はごっそりと抉《えぐ》られてなだれ落ち、真下の家々をむごたらしく押しつぶし、押し流していた。降り続いた雨を吸い込むだけ吸い込んだ斜面が、自重《じじゅう》に耐えきれなくなって地滑りを起こしたのだ。パトカーが道路を塞《ふさ》ぎ、大勢の警官が無遠慮な見物人たちを押し戻し、救急車が行き来して怪我人を運んでいた。

後になってわかったことだが、斜面が崩れたのが午後早い時間だったために、不幸中の幸いというべきか留守にしている家が多く、土砂の下敷きになった四軒の家の住人も比較的早くから生存が確認されていた。例外は、いちばん奥の一軒だけだった。

〈救出作業〉はその翌日も、そのまた翌日も続けられた。水を含んだ土砂をユンボで取りのけてはトラックでよそへ運ぶ。二次災害の危険があるから、どうしても少しずつしか進まない。

どれほど焦《じ》れ、どれほど祈ったかしれない。どうか、倒れた家具同士とか壁と柱の間にでも隙間《すきま》ができて、そこで息ができていますように。土の間から少しずつでも酸素が届いていますように。どうか、どうか、命だけは助かりますように……！

ようやく家の一部が現れたのは三日後だった。ぺしゃんこに押しつぶされた屋根の下から、子どもを含む三人の遺体が発見され、運び出された。

遺留品として返された純子のバッグの中には、神社のお守りが二つ。どちらもまっさらで、泥ひとつ付いていなかった。

旅のさなか、夢から目覚めて見上げる天井はいろいろだった。ある時は中国の山奥にあるノミやシラミだらけの安宿の天井だったり、凝った細工を施されたインドの寺院の軒下だったりした。サハラ砂漠のベドウィンが敷物を張り重ねて作ったテントだったり、あるいはそのまんま空だったりもした。

生きる目的など何もないというのに、そうしてまた目覚めるのが理不尽に思えた。あれほど愛したひとを永遠になくしてしまった自分の日常が、前とそれほどには変わらず、たいした支障もなしに続いていくことが信じられなかった。いっそ続かなくてかまわないと思っているのに、いっぽうでは彼女の遺《のこ》してくれたお守りを肌身離さず持っている。その矛盾《むじゅん》に心が捻《よじ》れそうになる。

旅、というのは、だから俺にとってはぎりぎりの選択だった。日常を、無理やりにでも非日常にすることでしか、あの頃の俺は彼女のいない人生に耐えられなかったのだ。

そうは言っても、何年もひたすらあてどなく放浪し続けていたわけじゃない。ビザの取得やパスポートの更新のために帰国することもあったし、パリには半年ばかり滞在して、一生分のワインを飲み、ゴロワーズという臭い煙草を覚えた。

後半の三年あまりはロンドンにいた。ビッグベンの足もと、テムズ川沿いの路地にある古書店の老主人と仲良くなり、就労ビザを取得して店で働かせてもらい、さらにありがたいことには顔の広い彼の口利きで大学の図書館にちょこちょこ出入りさせてもらったりもした。俺の英語がいささかスノッブなイギリス式なのはその三年間のせいだ。

長年連れ添った最愛の奥さんを亡くした後、とうとう古書店を畳んで娘のいるオックスフォードへ移り住む決心をした時、老主人——アーサー・ブルックスは、俺と並んでテムズ川を眺めながらこんなことを言った。

〈流れをせき止めれば、水は必ず澱《よど》むものだ〉

はじめ、何のことかわからなかった。訊《き》き返すと、アーサーはパイプを片手に俺の顔をじっと見た。

〈ヒロミ。きみは、いまだにあの曲を聴けないでいるのかい？〉

俺は答えられなかった。あの曲、と言われただけで、思い出したくない旋律が耳の奥に甦《よみがえ》る。

カーペンターズの、『雨の日と月曜日は』。純子が土砂に呑《の》み込まれたのは降り続いた大雨の後で、しかも月曜日だった。それに気づいた時から、俺はあの美しいバラードを平常心では聴けなくなり、そしてカレン・カーペンターの口ずさむ歌詞のとおり、どちらの日もたまらなく憂鬱《ゆううつ》になった。

〈なあ、ヒロミ〉

しかしアーサーはなだめるように言った。

〈いったいどうしてきみは、愛した人の死だけを見つめようとする？　どうしてその一生を見ようとしない？　ともに過ごした時間の中には幸せな思い出だってたくさんあったろうに、なぜそれを忘れて、わざわざ可哀想《かわいそう》な最期だけを覚えていようとするんだね？　きみの恋人は、短くとも精いっぱい生きて、心からきみを愛してくれたはずだ。死に際だけを虫眼鏡で覗きこむのじゃなく、その人生の全体をもっと大きな心で受け容《い》れなさい。愛する者の死について思い返していると、どうしたって後悔と謝罪ばかりがこみ上げるものだが、そのひとの一生、命そのものを思えば、むしろ感謝でいっぱいになるはずだよ。大切なひとの墓の前に、わざわざ萎《しお》れた花を供え続けるような愚か者にはなるな。それよりも、ありがとうの気持ちをありったけ集めて、優しい花束にして手向《たむ》けなさい。そうしてできることなら、いつかまた、誰かを愛しなさい〉

今こうしてふり返っても、アーサーとの出会いは人生の宝だった。

いまだに時折、手紙のやり取りがある。インターネットになど見向きもせず、紙に記されたものしか信用しない彼の手紙は、何しろひどい癖字《くせじ》で読み解くのに四苦八苦するほどだが、ずっとその苦労が続いてくれることを心から願う。

ともあれ――日本に舞い戻った俺は、昔取った教員免許を生かして、英語教師の採用試験を受けた。かつての貯金などとっくに溶けてしまっていたから、すぐに働かなければならなかったのだ。海外経験がプラスに働いたらしく、ありがたいことに地元の高校に職が決まった。あれほど教育に情熱のあった純子が亡くなり、単に免許があったからという理由でこの俺が教師になるというのも皮肉な話だった。

中沢の阿呆《あほう》がやっと帰ってきた、というニュースは、かつての野球つながりの仲間うちにあっという間に広まり、何がどうなっているのかよくわからないまま、俺は人数ぎりぎりの草野球チームに加わることに（というか実質、率いることに）なっていた。春先、久しぶりに大学時代の先輩に会いに出かけたのはその流れでのことだ。

大学の野球部ＯＢで、付属の高校時代から俺の憧れだった藤谷裕明《ふじたにひろあき》先輩は、光が丘商店街のはずれで喫茶店を経営していた。

センターからの豪快なバックホームや、ここぞという場面でかっ飛ばす場外ホームランなど、現役時代の勇姿を思い浮かべるほどに、いったいどんな顔をしてコーヒーなど淹《い》れているのか想像もつかなかったのだが、

〈よォ〉

俺を見ると先輩はふつうの顔で言った。会うのは六年ぶりだというのに、まるで先週もここで会ったかのような何でもなさだった。

店内のカウンターには、十代後半の少年が座っていた。

〈和泉です。和泉勝利〉

歳《とし》に似合わぬ落ち着いた物腰で彼は言った。

〈丈のいとこだ〉

と先輩が説明を加える。

そういえば丈くんから、高校生のいとこと同居中だという話は聞いていた。近々予定している練習試合のために電話で先輩に助《すけ》っ人《と》を頼んだところ、自分が加わる代わりに紹介してくれたのが丈くんだったのだ。まだ中学生だが、バッティング・センスと俊足ぶりは先輩のお墨付きらしい。

大学時代の藤谷先輩がどれほど凄《すご》かったか、勝利少年はまったく知らないようだった。力説して聞かせる俺に、

〈よせよ。大昔の話だ。今は、せいぜい二塁からのバックホームが精いっぱいさ〉

先輩はコーヒーを淹れながら仏頂面《ぶっちょうづら》のまま言った。

〈肩をこわしたんだ〉と俺は注釈を付けた。〈それで、プロ入りの話がアウトになった〉

勝利くんは目を見ひらき、黙ってカウンターの中の先輩を見やった。

ずいぶん大人びた子だな、と思った。へーえ、とか、すごいっスね、などと、いちいち軽薄な返事をしないせいもあるのだろうか。

と、カラン、とドアベルが鳴り、早春のそよ風とともに女性客がひとり入ってきた。白っぽいコートの肩にかけている淡いブルーとベージュの格子柄《こうしがら》のストールは、名門スチュワート家のタータンだ。スコットランドにおけるタータンチェックは、言ってみれば家紋のようなもので、柄を見ただけで家系がわかる。

英国にいた間はよく目にした懐かしいその柄を、どんな女性が身につけているのだろうと顔を見て、俺は、ぽかんとなった。

〈口を閉じたらどうだ、中沢。のどちんこがまる見えだぞ〉

容赦のない先輩が言い、ふと気づいたように付け加えた。

〈ってことは、四月からはお前たち、同僚になるわけだ〉

聞けば彼女は、こんど俺が勤めることになった光が丘西高《にしこう》で美術の教師をしているのだった。

〈中沢です。お辞めになった田辺《たなべ》先生の代わりということで〉

〈じゃ、英語ですよね〉

耳の奥がくすぐったくなるようなアルトの声だ。

〈そう。教職はとってあったけど、教えるのは初めてなもんで。よろしくお願いします〉

スツールから立ち上がって彼女に近づくと、俺は一応、てのひらをズボンで拭《ぬぐ》ってから差し出した。その仕草がおかしかったのか、彼女の目尻に優しい皺《しわ》が寄る。

〈こちらこそ、よろしく〉

握手を交わしたその時——。

首筋に灼《や》けるような視線を感じて思わず横を見ると、勝利くんがぱっと顔を背けた。勘違いなどではなかったと思う。ほんの一瞬だったが、彼は、純度百パーセントの嫉妬《しっと》をこちらにぶつけてよこしたのだ。

ははあん、と可笑《おか》しくなった。そういえば俺にも経験がある。思春期の男子が、いくつか年上の女性に憧れとも恋ともつかない感情を抱くのはよくあることだ。

そう、あの時の俺はそれを、〈よくあること〉としか捉《とら》えなかったのだった。和泉勝利がのちのち俺にとって、花村先生を間に挟んでどういう存在になってゆくか——その時点ではもちろん、想像もしていなかった。

いつの日かあの世で天野純子と再会できたなら、ほかの女性を好きになったことよりもまず、あまりの一貫性のなさを咎《とが》められるんじゃないかと思う。

それくらい、花村かれんというひとはおっとりとしていて、同じ名前を持つ稀代《きたい》のシンガーにも似た豊かなアルトの声を持っていて、自分の感情よりも人の気持ちを優先するタイプで、その意味では俺を尻に敷くくらい気の強かった純子とはまったく共通点がなかった。

初めは、頼りなくてほうっておけないひとかと思った。勝利くんからの強引なアプローチに、根負けして押し切られているだけのようにも見えた。

俺がちゃんとあのひとのことを理解するようになったのは、不覚にもだいぶ後になってからだ。彼女の芯《しん》の強さは、純子の持っていた強さと、表れ方こそ違っていても根っこのところではよく似ていて、どちらも一筋縄ではいかないものなのだった。

勝利くんに呼び出され、混み合うコーヒースタンドで相対した晩のことはよく覚えている。彼らと知り合ってから三年以上がたっていたが、あの初対面の春の日に首筋に感じた嫉妬をそのままとんでもない濃度にまで煮詰めたような視線で、彼はテーブルの向かい側から俺を見据えていた。

今さらそんな具合に挑まれても困るのだった。結果はすでに出てしまっていたのだから。恋仇《こいがたき》との間に勝負のつく瞬間というものがあるのなら、俺はもうとっくに、当の彼女からの自己申告によって敗北を思い知らされていた。

憎らしかった。心の底から和泉勝利が妬《ねた》ましかった。十も年下の若造を前に、腸《はらわた》の煮え返る思いを味わわされている自分も情けなかった。得意のポーカーフェイスですら、あの時は虚勢の裏返しでしかなかったと思う。

今は自分が引き下がるしかないとわかっていても、はいそうですかと物わかり良くあきらめられるほど、彼女への想いはすでに薄いものではなくなっていた。二人が別れることを積極的に願うつもりはないにせよ、男女の間には何が起こるかわからない。慎《つつ》ましく、いつでも見えるくらいの場所にいて、もしもの時に手を差し伸べるくらいは許されるだろうと思った。

そこへ——あの事件が起こったのだ。

先輩夫婦は、生まれてくるはずだった愛し子《いとご》を喪い、その原因を作った勝利くんは地球の裏側へと逃げ出した。そうして、かれんさんは取り残された。いつか終わるとも思えない地獄の中に独《ひと》りで。

〈喪ったほうも辛《つら》いが、喪わせたほうも辛いってことだよ〉

年の暮れに飲んだ時、先輩は勝利くんをかばうようなことを言った。

黙っていられなかった。

〈ずいぶんな偽善だなと思って〉

と、俺は言った。先輩が鼻白《はなじろ》んだ様子でこっちを見たが、知ったことではなかった。

〈ほんとうは、誰かが勝利くんを半殺しの目にあわせるべきだったんだ。気を失うまでボコボコにぶん殴って、二度と立てないくらいに痛めつけてやるべきだったんですよ。なのに、あんたがたの誰一人として、勝利くんを罰しようとしなかった。その結果、彼はあそこまで追い詰められたんです。ま、ある意味じゃ、いちばん逃げ場のない罰を与えてやったとも言えますけどね〉

半分くらいまで減ったグラスに俺が焼酎《しょうちゅう》をつぎ足すのを、先輩は黙って見つめていた。

〈世の中のたいていの人間は、あんたがたの対応を聞けば優しすぎるほど優しいと思うかもしれない。なんて善良で寛容な人たちなんだ、自分が同じ目にあったらとてもそんな対応はできない、って。だけどね、先輩。申し訳ないけど僕はまったく逆だと思ってますよ。先輩たちが勝利くんに対してとった態度ほど残酷なものはない。自分のしでかしたことがあれほど重大な結果を招いたにもかかわらず、いっさいまともに責められなかった勝利くんがどうなってしまうか……誰も、彼のことなんか本気で考えてやろうとしなかったんだ。考える余裕がなくて当然でしょうけど、僕は少なくとも、あんたがたを優しいだなんて言う気にはなれません。とんでもない偽善者ですよ。先輩も、由里子さんも、それに花村家の人たちも、みんな揃《そろ》ってね〉

酔っていた。言うべきことととともに、言ってはならないことも、言うつもりのなかったことも、全部ぶちまけた気がする。

〈僕はね、先輩。ずっと前から、ほんとうに本気で花村先生の……かれんさんのことを好きだったんですよ〉

〈ああ、知ってる〉

先輩は真顔のまま頷《うなず》いた。

くそ、と舌打ちがもれた。こっちが珍しく素直に本音を吐いてやったというのに、さらりと流しやがって。この人ときたらいつもそうだ。全部わかってる顔をして、実際、全部わかってる。

俺は、半ばむきになって続けた。

〈だけど――いくらなんでも、これはあんまりだ。つけこむ気にもなれませんよ。

恋仇がこんな形で姿を消して、残された彼女はいつまでたっても宙ぶらりんのまま……。彼らの恋愛の息の根を止めてやる人間が必要じゃないかと思うのに、それがわかっていながらも、今のかれんさんに近づく気にはどうしてもなれないんです。あわよくば、って下心があるからこそ、優しいことが言ってやれない。今そんなことをして割りこんだなら、僕は、自分自身を見限るしかなくなる〉

何のごまかしも誇張もなかった。すべて掛け値なしの真実だった。

けれどその夜、家に戻ってだんだん酔いが覚めてゆくうちに、俺は初めて、自分が先輩に言い放った言葉の矛盾に気がついた。

――ずいぶんな偽善だなと思って。

――そんなことをして割りこんだなら、僕は、自分自身を見限るしかなくなる。

同じじゃないか、と思ったとたん、茫然《ぼうぜん》とした。〈かれんさんの弱みにつけ込むような男にはなりたくない〉との美意識から彼女に近づかずにいる俺と、〈勝利くんをさらに追いつめるような人間になりたくない〉と考えて彼を責めなかった先輩たちとは、何ら変わるところがないのだ。相手のためだと思う気持ちは本当でも、いっぽうでは自分が可愛《かわい》いだけと言われても仕方がない。

――偽善者は、俺か。

これまでの半生をふり返っても三本の指に入るほど、それは苦くて呑み込みがたい気づきだった。

折にふれ、アーサー・ブルックスの贈ってくれた言葉を思い起こす。しわがれた声と、厳格なクイーンズ・イングリッシュ。テムズ川の滔々《とうとう》とした流れや水面《みなも》のきらめき、彼のくゆらすパイプ煙草《たばこ》の、チョコレートとチェリーを焦がしたような甘い香り……。

〈大切なひとの墓の前に、わざわざ萎れた花を供え続けるような愚か者にはなるな。それよりも、ありがとうの気持ちをありったけ集めて、優しい花束にして手向けなさい。そうしてできることなら、いつかまた、誰かを愛しなさい〉

——そうだな、アーサー。

心の中で俺は呟《つぶや》く。

——あんたの忠告、ありがたく守っているよ。

たとえ永遠に失ってしまったとしても、あるいは決して成就することがなくても、愛した事実は消えないし、想いの価値も変わらない。自分が満たされることだけが目的ならば、相手の気持ちを得られない状態はただ不幸でしかないが、誰かを深く愛せたということそのものを喜びとし、秘《ひそ》かな誇りとして抱いてゆく生き方だってある。

今さらのように胸に落ちる。恩師とも呼ぶべき古書店の老主人があのとき俺に教えてくれたのはきっとそういうことだったのだろうし、藤谷先輩や由里子さんも、まさにそのようにしていちばん苦しい時を乗り越えてきたに違いないのだ。

月日がたつのは早いもので、暮れに先輩と二人きりで飲んでから、あっというまに時が過ぎた。季節はすっかり春に変わっている。

〈喪ったほうも辛いが、喪わせたほうも辛いってことだよ〉

あのとき俺はつい、それを頭から否定するようなことを言ってしまったわけだが、今では彼の言葉にこめられた真情がわかる。

双方ともが辛かった。双方それぞれに違った苦しさがあった。

それでも、この二月、一時帰国した勝利くんは、自分の犯した過《あやま》ちとどうとう正面から向き合い、曲がりなりにも折り合いをつけてみせたのだ。

再び先輩たちの前に立つだけでも、どれだけの勇気が要《い》ったことだろう。そういう彼のことを、俺は悔しいけれども認めざるを得ない。ライバルとして認めるという意味じゃなく、いよいよ負けを認めるしかない。

いまだに憎たらしい若造であることに変わりはないが、仕方ない。彼ならばおそらく、かれんさんを全身全霊で幸せにしてくれるだろうし、そのことは最近の彼女の顔を見ればよくわかる。まったく、やれやれだ。

カランカラン、とドアベルが鳴り、俺は我に返った。

ふり向くと、春の眩《まぶ》しい光を背中にしょって入ってきたのは由里子さんだった。

「あら、お久しぶり」

目もとが親しげに細められる。

「お邪魔してます」

と、俺は言った。

「風邪で寝込んでるって聞いてたけど、もう大丈夫なの？」

「おかげさまで……って、それ誰から聞いたんですか？」

「丈くん。こないだの日曜の試合、ピンチヒッターを頼まれて久しぶりに駆り出されたとか。『オレの都合なんてお構いなしなんだもんなぁ』って、なんだか嬉《うれ》しそうにぼやいてたわよ」

言いながら店内を見渡した彼女は、夕暮れ時の『風見鶏《かざみどり》』がちょうどいい感じに混んでいるのを見てとると、俺の右隣のスツールに腰掛けて、先輩にブレンドを頼んだ。ハーフスリーブのカットソー、足首の見えるブラックデニムに白いローファー。靴以外は今日も全身ほとんど黒で固めているのに、少しも重苦しく見えないのはさすがだ。

「お店のほうは、その後どうですか」

　由里子さんのデザインするオーダージュエリーの店『ル・ヴァン』も、オープンから四ヶ月目に入ったところだ。

「ん、どうにか順調よ」

　彼女はにっこりした。

「今の季節は大きなイベントがないから踏ん張りどころだけど、冬のボーナスで自分へのごほうびをオーダーしてくれる人もいるしね。なんとかここまでやってこられたのも、あなたをはじめ、みんなが応援してくれたおかげです」

　どうもありがとう、と丁寧に頭を下げられて、逆に恐縮してしまった。俺にできた〈応援〉なんてたかだか、飲み仲間でもあるタウン誌の編集者に由里子さんとその店を紹介した程度なのだ。同じ欄で取り上げられたって、うまくいく店とそうでない店がある。『ル・ヴァン』が好調なのはあくまで、オーナーである彼女の努力とセンスによるものだった。

「そういえば、ねえマスター」

店にいる時の夫を下の名前で呼ばないのは、彼女のマイルールらしい。

「丈くんに頼まれちゃった」

「うん？　何を」

「京子ちゃんの誕生日、もうちょっと先なんだけどね。小さくていいから本物の半《はん》貴石《きせき》を使って、お守りにもなるようなプチネックレスを作ってくれませんか、って」

ほう、と目を丸くした先輩が苦笑しながら、

「ったく、いっちょまえに色気づきやがって」

と呟く。

「考えてみれば、あの子たちも長く続いてるわよね。とうとう大学までおんなじだし」

「あれには驚いたな。まさか丈のやつが、あそこまで頑張るとは思わなかった」

そして先輩は、じろりと俺に目を向けた。

「情けないぞ、中沢」

「は？」

「お前もそろそろ、次のことを考えたらどうだ」

「次、とは？」

「かれんの次だよ」

いきなり斜め上から球が飛んできた。

「そっ……そんなこと、先輩に気にしてもらわなくてもですね、」

「昔っからあきらめが悪すぎるんだよ、お前は。駄目だと思ったらチャッと次へ行け、チャッと」

無茶なことを言ってくれる。自分は実の兄だからそういうことが言えるのだ。何があってもかれんさんとの縁は切れないとわかっているから。

彼女みたいなひとは、そんじょそこらにはいない。次、がもしあるとしたら、まったよっぽど違うタイプを探さなくてはならないだろう。

「そう簡単にはいきませんって」

俺は、むっとしながら言った。

「まあ、必要があればその時考えますよ。チャッとじゃなくて、ちゃんとね」

「ふん。今、ちょっとうまいこと言ったと思っただろ。グズグズしてると、瞬《また》く間にジジイになっちまうぞ」

よけいなお世話だ。

「ねえ、ちょっと気になるくらいの人もいないの？」

と、横から由里子さんまでも参戦してくる。

「中沢さんだったらいろんなところでモテそうなのに。いきなり告白を受けたりなんてこと、あったりしない？」

ありませんよ、そんなの。

そう言い返そうとした時、ある顔が脳裏に浮かんで、ぐっと詰まった。

「ん？　どうした」

「……どうもしませんよ」

この話題はもう終わりです、というしるしに、俺はカップに手を伸ばし、冷めかけたブレンドを啜《すす》った。


〈ねえ先生。あたし、けっこう頑張りましたよね〉

ほんの数日前のことだ。佐藤若菜はいつものように俺を訪ねてくると、周りに誰もいない時を見計らって言った。

〈ああ。たいしたもんだよ〉

と、俺は心から言った。

来週から始まる春休みの間、佐藤はロンドンの語学学校の寮に滞在することになった。去年、彼女から短期留学の相談を受けた当初は第一希望がオーストラリアだったのに、いったいどうして今回の目的地がイギリスになったかといえば、要するに俺の影響だった。

かつてブリテン島のあちこちをほっつき歩いていた頃のことや、ロンドンで過ごした三年間、とくにアーサー・ブルックスとの出会いなどについて話をするうち、彼女は自分の目でその街を見たいと願うようになったらしい。猛然と単語や構文を覚えまくり、俺を相手にリスニングとスピーキングの練習も重ねて、とうとう力試しに、二週間ほどの語学留学にチャレンジしてみようということになったのだった。

そんな短い滞在で何が勉強できる、海外旅行と変わらないじゃないかという意見もあるかもしれないが、俺はそうは思わない。というか海外旅行にだって意味はある。実際に異文化の中に身をおいてみて、持てる限りの力でコミュニケーションを試みる経験をすると、これまでの努力が何のためのものだったかが身にしみて、帰ってきてからの勉強がますます面白くなるはずだ。学びに動機や目標が生まれる、と言えばいいだろうか。

彼女が望むなら、こんどの夏休みにでも大学の推薦枠を狙って短期留学すればいいし、何なら本格的に大学から海外という手もある。そんな可能性まで視野に入れた上で背中を押したくなるほど、佐藤若菜の頑張りはたいしたものだった。

そんなふうに言ってやると、彼女はよほど嬉しかったらしい。にこにこしながら言った。

〈褒《ほ》められるって最高。もっと、本気で褒めて下さいよ〉

思わずふき出してしまった。

〈よし。えらかったぞ、佐藤。ほんとによく頑張った。正直言って俺も、きみがここまでやれるとは思ってなかった。見直したよ〉

ますます嬉しそうに笑みくずれた彼女が、何を思ったか、ふっと真顔になる。

〈ねえ、先生〉

〈うん?〉

〈どうしてあたしがこんなに頑張れたと思います?〉

〈そりゃあ、留学したかったからだろ?〉

〈それもあるけど……〉

彼女はまっすぐに俺の目を見た。

〈好きになっちゃったからです〉

〈だろうな。英語って面白いだろ〉

〈そうじゃなくて……先生が〉

〈は？〉

〈中沢先生のことがです〉

絶句している俺に、彼女は重ねて言った。

〈好きです、先生〉

直球、いや剛速球もいいところだった。

あまりにも思いがけない事態に、俺の頭の中は混乱しまくっていた。まさかそんな可能性など、一度たりとも考えてみたことはなかったのだ。

当人はそうとうな勇気をふりしぼってくれたのだろうから、ありがたいことだとは思う。しかしいくらなんでも、十五歳もの年の差は問題だ。というか、教師という立場上、万が一にも受け容れたりしたら犯罪だ。

きらきらと熱を帯びたまなざしが、俺に注がれている。真剣であることは、見ればわかる。

〈……ええと、ありがとう〉

やっとの思いで俺は言った。

〈いや、うん、その気持ちは嬉しいよ。だけど、さすがに応《こた》えるわけにはいかないな〉

〈あ、べつにいいです、応えてくれなくて〉

けろりと言われて拍子抜けした。

〈あたしだって先生に辞められたりしたら困るし。なので、気にしないで下さい〉

〈ええと……〉

〈ロンドンへ行く前に、一度はちゃんと言っときたかっただけなんです。自分勝手なタイミングでごめんなさい。卒業してからもう一回トライしてみるんで、その時はよろしく〉

おどけたように敬礼してみせながら、目だけは真剣だ。年相応に可愛らしい笑顔なのに、同時に不穏で不敵な感じがした。

そうして彼女は、去り際にふり返った。

〈あ、そうだ、先生。向こうで、できればブルックスさんに会ってみたいんですけど〉

〈ええっ？　そりゃまたどうして〉

〈だって、先生の人生を変えた人なんでしょ？　その人がいなかったら、今ここで

教師をしてなかったかもしれないって言ってたじゃないですか〉

確かに、言った覚えがある。

〈だったら、あたしにとっても恩人ってことになりません？〉

なりません？　と訊かれても、俺には答えようがない。

〈せっかくのチャンスを無駄にしたくないから、お願いします。訪ねて行っても迷惑じゃないかどうか、先生から訊いてみてもらえませんか？〉

ロンドンから彼の住むオックスフォードまでは、約八十キロ。パディントン駅から電車に乗れば、たったの一時間ほどで着く。なるほど、少なくともオーストラリアのシドニーからウルルを訪ねるよりは百倍も現実的だ。

そんなわけで俺はその晩、久々にアーサー本人に電話をかけて思い出話に花を咲かせ、そうして最後には、可愛い教え子が訪ねてゆくと思うのでどうかよろしく、と頼んだのだった。


「なんだお前、気色《きしょく》悪いな」

言われて目を上げると、先輩がカウンター越しに二杯目のブレンドを差し出してくれたところだった。

「さっきから何をニヤついてるんだ」

「人聞きの悪いこと言わないで下さいよ。ちょっと思い出して、いい気持ちになってただけです」

「あら、羨《うらや》ましい」

隣で由里子さんが微笑《ほほえ》んだ。

「そうよね、べつに、何が何でも誰かと暮らさなくたっていいのよね。恋愛したり家族を持ったりすることだけが人生の喜びじゃないんだし、ひとりでいたければそうしていいのよ。仕事でも、趣味でも何でも、心から愛せるものが一つでもあったらそれだけで幸せってものよ」

ひとりごとのように言いながらペンを走らせ、ひろげた紙ナプキンにラフスケッチをしている。どうやら、丈くんに頼まれたネックレスのデザインを考えているらしい。

熱々のコーヒーの香りをありがたく吸い込みながら、俺は、佐藤若菜のまっすぐなまなざしを思い浮かべた。そういえば彼女は、勝利くんから届いた手紙のことを前のめりに報告してくれていた。

〈和泉センセってば、あたしのことめっちゃ尊敬してるんだって！〉

ああそうか、と今ごろ気づく。話す時にまっすぐこちらの目を見据える癖、きらきら光る熱っぽいまなざし。どこかで見たことがあると思ったら、何のことはない、亡くした恋人がまさにああいう勝ち気な目をしていたのだ。

あの子が幸せになるといい。長く生きられなかった純子のぶんまで思う存分生きて、いつかほんとうに愛する人を見つけられるといい。

そう思うと、胸の裡《うち》がじんわり温《ぬく》もってゆく心地がした。心の中の墓碑に優しい花を手向けるというのは、たぶん、こんなふうなことなのだ。

時は、流れる。

人は、立ち直る。

勝利くんもそのことを、心から受け容れてくれるようにと願う。いつか近い将来、彼がまっすぐに顔を上げて家族や恋人のもとへ帰ってくることを、俺はこの際、全力で信じたい。

かつて旅をしていたころ、一度だけ訪れたことのあるウルルを思い浮かべる。乾ききった赤い大地を踏みしめて、ひとり佇《たたず》む彼の姿を。

7 *You Raise Me Up*

四月初めの日曜日、河川敷で行われた草野球の試合に、丈はまたしても駆り出された。

春休み前に一度、風邪《かぜ》で寝込んだ中沢さんの代わりに出場したら、ヒットは連発するわ大事な局面でみごと盗塁を成功させるわで、なじみの仲間たちから大いに感謝され、本人も久しぶりに愉《たの》しかったらしい。

「いや〜、あんなに晴れ晴れとした気持ちって久々だったよ。な、京子、そう思わねえ？」

あたしの顔を見ては、しきりに同意を求める。

「受験勉強なんてマジで限界だったしさ。もう、一生分は勉強したね。もうやだね。

身体《からだ》を動かしてるほうがよっぽどいいよ。な、そう思わねえ？」

　要するに、頑張ったのを褒《ほ》めてもらいたいのだろう。丈はこの二月、第一志望だった勝利くんと同じ大学（ついでに言えばあたしも進む大学）にみごと受かり、四月から晴れて大学生になったのだった。嘘《うそ》みたいだけれど本当の話だ。

「よかったよ。ほんとうに」

　と、中沢さんがほっとした様子で言った。

「去年の間も、チームのみんなが何かっていうとすぐ丈くんに助けを求めようとするから、受験生の足を引っぱってどうするんだってさんざん止めてたんだ。でもまあようやく終わったっていうんで、こないだも今日も頼っちゃったわけだけど……。せっかくのんびりしてるとこ悪かったね」

　丈を引っ張り出すようにと監督を兼ねる中沢さんに掛け合ったのは、懐かしのアンパンマンさんと哲学者さんの二人だったらしい。まあ、むきになるのも無理はない。今日の試合の相手は、宿敵・消防署チームのファイヤーズだったからだ。

　ともあれ、試合は我らのゴンベーズが一点の僅差《きんさ》で勝ち、応援に駆り出されたあたしたちは帰りに『風見鶏《かざみどり》』に寄ったのだった。マスターが貸切にしてくれたおかげで、みんな和《なご》んだ雰囲気だった。

カウンターの奥から、中沢さん、由里子さん、その隣にかれんさんもいる。ほど近いテーブル席には、ネアンデルタールこと原田さんと星野りつ子さん。この二人は、あたしたちが帰ってきた時たまたまお店の前を通りかかって、そのまま問答無用でずるずると引っ張り込まれたのだった。

「あやしい～。日曜日に二人っきりでどこ行くんですか～？」

とあたしがからかったら、星野さんじゃなくて原田さんのほうが、

「そ、そんなんじゃねえわっ」

ポッと頬《ほお》を赤らめた。可愛《かわい》くは、なかった。

その手前のテーブルに、あたしと、借り物のユニフォーム姿の丈が座っている。ものすごい勢いで頭からホームに飛び込んだから、胸から腿《もも》のあたりまで泥んこのままだ。

「はーい、そちらにもどうぞー」

由里子さんがテーブルにひとつずつ、唐揚げやサンドイッチの載ったプレートを運んできてくれた。

日曜日といったら、ほんとはかき入れ時なんじゃないかと思う。商店街がさびれていた頃はともかく、駅前が再開発されてからはアーケードのほうへも人が流れて

くるようになって、はずれのほうに位置する『風見鶏』の客層も少し変わった。平日こそは味にうるさそうな常連さんが通ってくるけれど、週末やお休みの日にはカップルとか若い女性客とかがちょくちょく入ってくるようになったのだ。

でも、マスターはやっぱり、常連さんのほうを大事にしているようだった。本音では、コーヒーの味がちゃんとわかるお客さんにだけ来てほしいのかもしれない。

「やっぱ、チェーン店みたいのよりずっと落ち着くよなあ」

頬杖《ほおづえ》をついて天井を見上げる原田さんに、星野さんが言う。

「当たり前じゃないですか。比べることからして間違ってますよ」

ずけずけした物言いは前からだけど、どことなく、間に漂う雰囲気が柔らかい。もしかしたら、ほんとにもしかするのかもしれない。

店内には今、耳になじんだ旋律が流れている。『You Raise Me Up』——あなたがいるから私はもっと強くなれる、という有名な曲だ。いろんなアーティストがカバーしている。

「なんかさあ」

と、丈が笑いながら、あたしにだけ聞こえる声で言った。

「懐かしいな。こんなふうにみんなで集まるの、あのスキーの時以来じゃね？」

「ほんとだ」

あたしも笑って、その拍子になんだか胸がきゅうっとなった。あの時もあたしたち二人は受験生で、でもそんなのどこ吹く風とばかりに雪の上を滑りまくっていた。

あれから、変わっていないこともあれば、大きく変わったこともある。

黙っている丈もきっと今、同じ思いを胸の中で転がしているに違いなかった。


初めて口をきいたのは、中一の頃、昼休みの購買部の前だったと思う。

あたしが焼きそばパンを持って列に並んでいたら、後ろからいきなり、

〈お願い、その焼きそばパン、オレに譲って！〉

大声で話しかけられたのだ。それが、花村丈だった。

勢いに押されて、

〈べつにいいけど〉

と差し出したら、彼はめちゃめちゃ感激して、焼きそばパンの代金のほかにも、要《い》らないと言っているのに紙パックのオレンジジュースを一個くれた。

顔だけは、それより前から知っていた。友だちのミナちゃんが二年生の先輩と付き合っていて、あたしも彼女に頼まれるまま毎日のように陸上部の練習を見に行っ

ていたからだ。一年男子の中に、やけに元気なバカがいるなあ、というのが丈の第一印象だった。

でも、それから間もなく、あたしは練習を見に行かなくなった。ミナちゃんの横でその先輩が全力で走ったり跳んだりする姿を目で追いかけ、部活終わりには途中まで一緒に帰って冗談なんか言い合ったりするうちに、いつのまにかあたしまで、同じ人を好きになってしまっていた。恋愛と友情、どっちを大事にするのかと自分を問い詰めた時、あたしは答えを迷わなかった。

中学二年で、丈と同じクラスになった。

初めのうちは向こうが一方的に猛アピールしてきて、半ば根負けするようなかたちで付き合うことになったはずなのに、いつからだろう、立場が逆転していた。いや、意地もあるから本人に対しては強気に出て邪険にしていたけれど、ほんとうは、彼の本心がどこにあるのか気になってたまらなかった。

人前でも平気で、「今日も可愛いなあ」だの「そういうとこに痺《しび》れるぅ」だの「愛してるぜ京子ちゃぁん」だのと、あんたはルパン三世かっていうくらい暑苦しい言葉を連発するくせに、いつだって冗談にしか聞こえなくて、あたしには彼の真意が全然わからなかった。こちらがうっかりその気になってみせたとたん「本気にすんなよ」なんて言われたら、恥ずかしさで頭のてっぺんから火を噴いて死んでしまう。

初めてのキスは、中三の冬の初詣《はつもうで》の時だ。あの雪の降る年越しの夜に、初めて冗談抜きで告白してくれた丈は、改めて見上げるとびっくりするくらい背が伸びていて、顔つきも男っぽくなっていた。毎日見ていたせいで全然わからなかった。

あの頃の自分を思い出すと、穴を掘って隠れたくなる。丈のことを、元気がいいだけのバカだとか、暑苦しいやつとかいうふうにしか見られなかったのは、あたし自身がコドモだったからだ。周りのことなんて何も見えていなかったし、人の気持ちもわからなかった。物心ついた頃からいつも強がってばかりいて、いちばん仲のいい女子にさえ本当に気を許したことはなかった気がする。

丈が、初めてだったのだ。心から甘えることができたのは。意地なんていうつまらない鎧《よろい》は捨てて、相手にも自分の感情にも素直になることがどんなに楽で心地いいかを、彼は根気よくあたしに教えてくれた。

おまけに彼が受験勉強をものすごく頑張ったおかげで、あたしたちは晴れて一緒に光が丘西高に進むことができた。そうやって考えてみると、付き合い始めから数えてもう五年近くも、けんかと仲直りをくり返しながら今に至るわけだ。

正直、あたしたちにもいろんな山や谷があった。あたしが秘密の重さに耐えかねて、他の誰に話そうと丈にだけは言うべきじゃなかった悩みを打ち明けてしまったこともあるし、丈は丈で、わりと日常的にあたしの地雷を踏みまくった。

それでも、もうやめにしたいと思ったことは一度もなかった。彼がどうだかは知らないけど、あたしのほうはほんとうに一度もない。

人一倍さばさばと屈託がないかのように見えて、けっこう繊細で難しいところのある花村丈という人間が、小学生に毛の生えた程度のガキンチョからだんだん大人になってゆく過程を全部見てきたのはこのあたしなのだ。これから先、どんなに長く一緒にいるとしても、この数年間ほど変化が大きくて中身の濃い時間ってまずないと思う。

見た目に関してはまあいろんな意見もあるだろうけれど、中身について言えば、こんな男、ちょっと他にいない。

悪いけど、誰にも譲る気はなかった。

去年あのことがあって、勝利くんとかれんさんが離ればなれになってから後、丈は、前に比べるとずいぶん無口になった。

状況が深刻であればあるほど、泣きごとを言わない。あたしとの間で二人についての話題が出ると、時に不自然なくらい明るい見通しを口にしようとする。

そうすることで自分を保っているのかもしれないけれど、もっと甘えてほしかった。あたしが丈に対してそうするように、丈のほうも弱みを見せてくれればいいのにと思った。以前なら悩みがあれば勝利くんに相談できただろうけど、その彼がそばにいない今、もう少しくらい頼りにしてくれてもいいんじゃないか。

いつだかの放課後、学校の図書室で勉強した帰り道。肉まんとジュースを買って座った公園のベンチで、あたしは思いきって言った。

〈もしかして、相手があたしじゃ大事な話なんかできないとか思ってない？〉

すると丈は、慌てたように首を横にふった。

〈そんなことはないけど〉

〈けど、何よ〉

答えない。

手にした肉まんも食べずにずいぶん長いこと黙り込んだ後で、

〈なんか……よくわかんなくなっちまって〉

口ごもりながら、丈は言った。

〈京子のほうこそさ。オレのこと、お節介だって思ってたりしねえ？〉

〈え、どういう意味で？〉

〈なんていうのかな……もう今さらどうにもなんないことに、しつこくしがみついてるだけみたいに見えたりしねえ？〉

〈何言ってるかわかんないけど、全然そんなふうに思ったことないよ〉

〈……そっか。ならいいんだ〉

よくはない。まだ何にも聞かせてもらってない。

あたしは脳みそを絞り、考えに考えてから言った。

〈それって、丈が勝利くんに手紙を送ってることと関係ある？〉

うつむいた彼が、わずかに頷《うなず》く。

〈やっぱり……。でも、読んではもらえてるみたいなんでしょ？〉

〈うん。だけど、やつから返事が来るわけじゃないしさ。まあ、無理に書かなくていいって言ったのはオレなんだけど、それでいて秀人さんからはたまに近況聞かせてもらったりもしてるわけじゃん。それで、わかんなくなってきちゃって〉

〈何が〉

〈勝利のほうはそんなの望んでないのに、オレだけ勝手に空回りしてるだけなんかなー、とかさ。姉貴だって、ほんとのほんとは辛《つら》くてたまんなくて、もういっそ全部なかったことにしたいと思ってるかもしんないのに、オレだけがあの二人を元通りにすることにこだわってんのかなー、とか〉

〈そんなことないよ！〉

思わず大声が出てしまった。

向こうの砂場で子どもを遊ばせているお母さんたちが怪訝《けげん》そうにふり返る。

〈あるわけないじゃん、そんなこと〉

あたしはくり返した。いつも迷うより行動と言わんばかりにずんずん進んでいく彼が、こんなに悩んでいたなんて知らなくて胸が痛かった。

〈丈がそうやって間を取り持ってあげてるからこそ、かれんさんは勝利くんがどうしてるか、少しずつでも知ることができるんだよ？　勝利くんだってそうじゃん。丈の手紙でしかこっちの様子を知ることなんてできないんだし、そりゃ思い出せば辛いこともたくさんあるだろうけど、気になってないわけがないじゃん。とくにかれんさんのことはさ。丈のしてることは、絶対、無駄でも空回りでもないよ〉

〈……うん〉

〈それにこれは、万一……あくまで仮定の話だけど、あの二人が、たとえ丈とあたしみたいな関係に戻れなかったとしても、どうしたって親戚《しんせき》づきあいみたいなのはこの先も続いてくわけでしょ？　だったら、よけいに丈の助けが必要だよ。墜落か不時着かどっちか選べって言われたら、不時着のほうがずっとマシじゃん。なんか、うまく言えないけど〉

〈そうだな〉

丈は、長いこと黙っていた。そしてやがて、

低い声で言った。

〈うん。確かに、京子の言うとおりだわ〉

やっと袋から出してかぶりついた肉まんを、たったのふたくちで呑《の》み込む。しっかりした顎《あご》と喉仏《のどぼとけ》が動くのを見やり、あたしは目を伏せた。少しは役に立てたのかもしれないのに、嬉《うれ》しいより悲しくなってしまって、膝《ひざ》にのせたカバン越しに自分の靴の先を見つめる。もっと頼りにしてくれればいい、なんてえらそうなことを思ったけど、やっぱりあたしなんかには荷が重すぎる。

でもとりあえず、丈はそれから後も手紙を送り続けたし、秀人さんとも連絡を取り合っていた。

そのおかげだったんだと思う。二月、急遽《きゅうきょ》帰国することになった秀人さんは、

途中の空港からわざわざ丈に電話をくれたのだ。勝利くんも一緒だということを伝えるために。

あたしはそのことを丈から教えてもらった。映画を観《み》て買物デートをした後、丈が急にものすごく慌てて帰った日があって、その晩のことだった。

〈たったの三日だけなんだってさ。こっちにいられるの〉

夜遅い電話だったけど、丈の声がいつもより低いのは、たぶんそのせいばかりじゃなかった。

〈このこと、まだ誰にも内緒な。勝利がどうするつもりでいるのかわかんないし……もしかしたら今回はこのまま帰っちゃうかもしんないしさ。だからオレ、親にも言ってないんだ。マスターにも〉

わかった、絶対言わないよ、とあたしは答えた。

少しの間があって、丈が言った。

〈なあ、京子〉

〈うん？〉

〈いつもありがとな、ほんとに〉

びっくりして、思わず〈へ？〉と訊《き》き返してしまった。

〈え、なになに急に〉

〈いや、ずっと思ってたんだ。オレ、京子がいてくれることで、マジでめっちゃ救われてるなあって〉

ますます驚いて、声が出なくなった。

〈友だちはそりゃ、いっぱいいるよ。一緒に騒いで楽しい連中も、たまには真面目《まじめ》な話するような相手もいる。だけど、ほんとに弱ってる時もそばにいてくれて、情けない愚痴とかこぼしても茶化さないでまともに聞いてくれてさ。一緒に悩んで、考えて、ほんとの意味で助けになる言葉をくれるような相手って、やっぱ京子なんだよな。恥ずかしいけどオレ、すんげえ甘えてるなあって思って……〉

なんだか、泣きそうになってしまった。あたしがずっとどこかで負い目に思っていたこと――つまり、丈があたしにしてくれることに比べて、あたしがしてあげられることはあまりに少ないんじゃないかという悩みを、今の言葉がまるごと救ってくれたのだ。

〈そんなの……おんなじだよ〉

声が震えないように努力しながら言った。

〈あたしだって、丈がいてくれるから強くなれること、いっぱいあるよ。いっつも

支えてもらってる〉

〈そっか。なら、おあいこか〉

と、丈がようやく笑う。

〈それにしてもさ……勝利くん、かれんさんとだけは、何とか逢《あ》えたりしないのかなあ〉

せめてひと目だけでも、と切羽詰まった思いでいると、丈は言った。

〈さっき、出かけてったよ〉

〈誰が？〉

〈姉貴。やつのアパートへさ〉

〈うそ！　ほんとに？〉

〈たぶん今ごろは逢えてると思う。あとは、そうだな。勝利次第ってことかな〉

叫び出したいような気持ちが突き上げてきて、それをこらえたらとうとう声が揺れてしまった。

〈大丈夫だよ。心配することないよ〉

きっぱり口に出したほうが本当になるって聞いたことがある。だから言い切った。

〈絶対、大丈夫。絶対に。だって、そうでしょ？　あの勝利くんに、かれんさんの

気持ちがわかんないわけないもん〉

うん、と丈が電話の向こうで頷く。

〈そうだよな。絶対、そうだよな〉

丈もあたしも、ただただ祈ることしかできなかった。

それが、ひと月半ほど前のことだ。これまで十八年ほど生きてきた中で、いちばん長い夜だった。


「あれ、かれんさん、どうかしました?」

ふいに中沢さんの声が耳に飛び込んできて、あたしはそっちを見やった。丈も、首をねじってふり返る。

かれんさんは、自分のスマホを見ながら眉根《まゆね》を寄せていた。

「え……何だろう、これ……」

混乱したように呟《つぶや》く。

「どうした、かれん」

マスターが手を止めて訊くと、かれんさんは顔を上げた。

「何だかおかしいの。ショーリからのメールなのに、ぜんぶ英語で書いてあって……最後に知らない人の名前が」

「はあ？　何じゃそりゃ」

すぐさま立ち上がってそばへ行った丈が、スマホの画面を覗《のぞ》きこむ。

「……駄目だ読めねえ」

「新手《あらて》の詐欺《さぎ》だったりして」と、星野さんが心配する。「最近多いじゃないですか。もしかして和泉くん、アカウントを乗っ取られちゃったとか」

中沢さんが再び言った。

「ちょっとそれ、見せてもらっていいですか」

「そうよ、英語の先生に見てもらうのがいちばん早いじゃない」

間に座った由里子さんを経由して、かれんさんのスマホが中沢さんに渡る。

画面に目を走らせていた中沢さんが、

「ん？」

眉根を寄せた。その表情が、どんどん険しくなっていく。

と思ったら、顔を上げてかれんさんとマスターを見やった。明らかに言葉を選ぶような間があった後で、ようやく言った。

「……結論から先に言うと、とりあえず命は助かったとのことですけど」

みんながぎょっとなって中沢さんを見る。

「勝利くん、向こうで事件に巻き込まれて大怪我《おおけが》をしたそうです。ナイフで肩を刺されて、いま入院中だと……」

両手で口もとを覆《おお》ったかれんさんが、ひ、と声にならない悲鳴をもらした。

8　*Many Rivers To Cross*

サングラスは、ここでは変装のためなんかじゃない。自分でも気に入っているこの緑の目を、あまりにも苛烈《かれつ》な紫外線から守るために必須のいわば防災用具だ。

預かってきた鍵で宿舎のドアを開けると、キッチンのテーブルの上にトートバッグを放りだし、まずは窓を開け放った。部屋に溜《た》まっていた熱気を追い出すため、エアコンのスイッチを入れる。

まったくここは、何度来ても暑過ぎる。汗なんか噴き出したと同時に蒸発するから、喉《のど》の渇きにも気づかないほどだ。

ふだんあたしが暮らしている海沿いのシドニーはどの季節も温暖で過ごしやすいけれど、大陸の中心部に位置するここウルルは砂漠気候で、夏の日中はおそろしく暑く、冬の朝晩はおそろしく寒い。まとまった雨なんかろくに降らないから大地はいつも乾いている。

遠くに点在する岩山も足もとの地面も容赦なく赤く、うっかりすると服の繊維の中にまでその粒子が入り込んで、洗濯したって色が落ちない。姉のダイアンが研究員をしているのでなかったら、こんなところ一度でこりごり、二度目はなかったと断言できる。

冷蔵庫を開け、冷えていたミネラルウォーターのボトルに口を付けた。冷風が気持ちよくて、しばらくドアを開けたまま涼む。研究所で同じことをするとイズミがけんけん怒るけど、電気代なんて知ったことじゃない。どうせあたしが払うわけじゃないのだ。

卵や牛乳や、タッパーウェアにおさまった下処理済みの食材なんかが、庫内の棚にきちんと行儀良く並んでいる。眺めていたら思わず苦笑がもれた。

これらのほとんどはイズミの退院までの間に駄目になってしまうだろうけど、実質的な被害がそれくらいで済んだのは奇跡だったと言っていい。うっかりしたらイズミ自身がサラダ用チキンと同じくらい冷たくなって、この部屋へは二度と帰ってこられないところだったのだ。

マリアの夫の、あのミッキーだかラッキーだかいう男が大きなナイフを突き立てたのがあとほんのわずか下だったら、たぶん即死だった。あたしが病院に駆けつけたのは事件の翌朝で、とっくに手術は終わって峠も越えていたけれど、意識だけはまだ戻ってなかった。

日本にすぐ知らせなかったのは、とりあえず命に別状はないとわかったのと、イズミがこちらへ来た事情を含め、状況がかなり微妙だったからだ。とにもかくにも助かったわけだから、もう少し待って本人の意向を確かめてからにしようということになった。

〈私がイズミに用事なんか頼んだから……〉

ダイアンは何度も同じことを悔やんでは、彼の枕元で泣いていた。さすがのヒデも顔が白っぽかった。

ウルルへやって来た当時のイズミについて、前にダイアンから聞いたことがある。控えめに言っても、腑抜《ふぬ》けだったらしい。ダイアンとしては、ヒデがどうしてもと言うし、佐藤《さとう》所長がオーケーしたから異は唱えなかったものの、正直、使えない、と思ったそうだ。

でも、イズミは努力した。誰に言われなくとも自分にできる雑用を見つけては黙々と身体《からだ》を動かし、夜はひたすら勉強して、ちょっとあり得ないくらいの短期間で英語の日常会話をものにした。あの点の辛いダイアンが心から認めるくらいの頑張りだった。

出会った当初、あたしが彼に意味もなく反発したのは、そのせいもある。自分でもわかっていることだけれどあたしはそうとうなシスコンで、ダイアンが一目置いている相手はたいてい気に食わなかった。あのヒデにさえ、最初のうちは口をきかなかったくらいだ。

イズミはそれを知ってか知らずか、こちらがいくら煽《あお》っても牙《きば》を剝《む》いても、あまり真剣に取り合わずに受け流した。もともとそういう性格なのかもしれない。真《ま》っ向《こう》からぶつかり合って一気に理解を深めようとするよりも、お互いのやり方を尊重しながら擦《す》り合わせていくうちに何となくわかり合う、みたいな感じ。そういうところはすごく日本人的だった。

あたしは子どもの頃、ほんの何年かだけど父親の仕事の関係で日本にいたし、帰国後も母親のかわりに可愛《かわい》がってくれたベビーシッターが日系人だったから、日本語はちょっとわかる。話すほうはほとんど駄目だけど、聞くのと読むのはそこそこ理解できる。

日本食も好きだ。シッターの彼女がよく作ってくれた鯖《さば》の煮付けは美味《おい》しくて、今でも恋しい。ひと月ばかり前にイズミが三日間だけ日本へ帰って、向こうのお土産《みやげ》にと缶詰をくれた時は、だからすごく嬉《うれ》しかった。味が懐かしいというだけじゃなく、何気なく話したそんな些細《ささい》な思い出を、彼が覚えていてくれたのが嬉しかったのだ。

冷風がもうあまり出てこなくなった冷蔵庫のドアを閉め、ゆっくり部屋を見てまわる。キッチンもバスルームも、男の独《ひと》り暮らしとはとうてい思えないくらいきちんと片付いていて、つい舌打ちがもれた。洗濯ものはちゃんと間隔を空けて干してあるし、水に浸《つ》かったままの皿はない。こうまで自立、というか自己完結している生活ぶりを見せつけられると、つけ入る隙《すき》がなさ過ぎて全然面白くないじゃないか。

とはいえ、奥のベッドルームだけは、それなりに人間らしく散らかっていた。くしゃくしゃのシーツと毛布、頭のかたちに凹《へこ》んだ枕。もしかすると事件のあった日の朝は、寝坊でもして慌てて飛び出したのかもしれない。

だいぶ前だけれど、ここでイズミの寝込みを襲ったことがあった。何というか、あたしの悪い癖なのだ。気分がものすごく落ち込んだり、あまりにも寂しくてやりきれなくなると、ついつい人肌を求めて適当な相手と同衾《どうきん》してしまう。後になって、いったいどういうつもりだったんだ、どういうつもりもないわよ、みたいなトラブルになるのもしばしばだった。

でもあの時は、結局未遂に終わった。あたしが服を脱いでいたら当のイズミが目を覚まし、とたんに乙女みたいな面倒くさい理屈をこねて抵抗するわ、たまたま入ってきたヒデには見つかるわで散々だった。惜しいことをしたかも、と今でもちょっと思う。イズミの寝顔はすごくキュートだったのに。

思い出しながらあたしは、枕のそばに脱ぎ捨ててあった白いTシャツに手を伸ばした。広げてみると、胸には二丁拳銃を構えたジミー・クリフの姿が、半袖の片方には六芒星《ろくぼうせい》が、どちらも黒一色でプリントされていた。

「ふうん。なかなかいい趣味してるじゃない」

やっと愉《たの》しくなってきて、あたしはガタつく窓を苦労して閉めてまわり、ジミーの不朽の名曲『Many Rivers To Cross』をハミングしながら頼まれたものを揃《そろ》えてゆくことにした。

まずノートパソコン、これはさっき研究所に寄って、イズミのデスクにあったのを充電ケーブルごと持ってきた。他にパスポートとワーキングビザ、こちらはクローゼットの奥の金庫にしまわれていたのを、彼から聞いていた暗証番号を入力して無事に取り出す。

それから、ベッドサイドにある大きめのスケジュール帳。中には几帳面《きちょうめん》な字で、ヨーコからヘルプを頼まれたサンライズ（またはサンセット）・ツアーの予定だとか、各地から学生が集まる課外授業の記録などが書き込まれ、それと一緒に、ごく短い日記ともいえるメモ書きもあったりした。

せっかくの機会なので、ベッドに座って遠慮なく読ませてもらった。その日食べたもの、会った人、見た夢やなんかに混じって、たまにあたしの名前が出てくると背中がこそばゆくなった。

ついでに本棚とかゴミ箱、ベッドの下やマットレスの間など、とくに頼まれはしなかったところも入念にチェックして、最後にチェストの引き出しを開け、着替えを引っぱり出す。事件の時イズミが身につけていたものは、下着から靴まですべてが血まみれで廃棄するしかなく、かわりに着るものを一式用意しなくてはならなかった。

退院はおそらくだいぶ後になりそうだけれど、どうやってここまで帰ってくるつもりだろう。今日あたしがそうしたみたいに、病院のあるアリス・スプリングスからの四百五十キロほどを飛行機で飛ぶにせよ、ヒデやダイアンの運転する車で地面を這《は》って帰るにせよ、どちらにしてもイズミにとってはしんどい旅になるに違いない。

だってあたしなんか、転んで裂けた指の股《また》を縫い合わせてからしばらくは、痛み止めを飲んでも疼《うず》いて引き攣《つ》れて、幾晩も眠れないくらいだったのだ。ちょっとそのへんにコツンとぶつけるだけで悶絶《もんぜつ》するほどだった。ましてや満身創痍《まんしんそうい》のイズミが恢復《かいふく》するのに、いったいどれくらいかかるかわからない。せめて恋人でもそばにいてくれたら心強いだろうに、こういうとき日本は遠すぎる。

揃えたものを一つひとつ指さし確認して、言われていたとおり棚の上からカーキ色のダッフルバッグを下ろす。縫製《ほうせい》がしっかりしているところを見ると、日本から持ってきたものらしい。荷物を詰めようとしたのだけど、バッグが大きいせいで細かいものが中でばらける。何か紙袋とか紐《ひも》みたいなものはないのかと、あたしは机の引き出しを順に開けていった。

いちばん上が、主に筆記具などの文房具。探している紐やテープは二段目の引き出しに入っていた。ついでに三段目も開けてみる。新しい便箋《びんせん》類と一緒に、消印の捺《お》された手紙がしまわれていた。

Air Mail
To Australia

表にいちいちそう書かれたイズミ宛《あて》の封書の束が、大事そうにきちんとまとめてある。

ざっと見たところ差出人は二人だった。あたしが以前ここで勝手に読んだのは角張った字のほうだ。もうひとつの流麗な筆記体のほうから中身を取り出し、広げようとしたところで——ふっと手が止まった。

おもむろに椅子《いす》を引いて座り、あたしは机の上でイズミのパソコンを開いた。

案の定、いきなりパスワードを要求される。何だろう、ペットは飼ってないから、彼の恋人の名前だろうか。筆記体の封書の差出人にならって karen と入れてみたけれど、撥《は》ねつけられた。まあ確かに、ついこの間までは逢《あ》わないことを自分に課していたような相手なんだから、わざわざパスワードにはしないかもしれない。

何度もミスすれば本格的にロックがかかってしまう。イズミになった気持ちで懸命に考える。ダイアンやヒデをはじめ、信頼する人間だけに囲まれて仕事をしている彼が、そうそう複雑なパスワードを設定するとは思えない。クローゼット奥の金庫だってそうだ、さっきその中から取り出したパスポートを見てわかったことだけど、数字四桁の解錠キーはイズミの誕生日そのままだった……。

半信半疑、というよりはおおかた確信を持って、パソコンに同じ四桁の数字を打ち込む。たちまちぱっと開いた画面に浮き出るWELCOMEの文字に、思わずニヤリとしてしまった。

「ばーか。世の中ナメ過ぎだってば」

独りごちながら、メールソフトを探して立ち上げる。ふだんはおそらくモバイルフォンのアプリを使ってやり取りしているとみえて、メールでの送受信はそれほど数がなく、それも一時帰国から戻った後に限られていた。最新のから遡《さかのぼ》って何通かを開き、躊躇《ちゆうちよ》なく目を走らせる。

さっきの日記にあたしの名前があるのを見た時は背中がこそばゆいくらいで済んだけれど、何というかもう、奥歯でアルミホイルを噛《か》んだみたいな感じがしてとうてい全部は読んでいられなかった。あんなに地味な顔して、いったいどこからこんな甘ったるくて優しい言葉が出てくるんだろう。こんな言葉、あたしは男からかけてもらったことがない。

とはいえ、よく考えたらそれほど意外でもないのだった。イズミは、いつだって優しかった。

やたらと真面目《まじめ》で、ぶきっちょで、融通が利かなくて、頭の中はけっこうマッチョというか〈男たる者こうあるべし〉みたいな固定観念が強くて、でもそのぶん、女性を大事にしていた。それもうわべだけじゃなく、相手を心からリスペクトした上での態度であることは伝わってきたし、男の意地なんかには固執せず、潔く自分の負けを認めたりもした。そういうことができるのはきっと、これまで彼自身が周囲の女性たちに正しく愛されてきたからなんだろうと思う。あたしの周りにはいなかったタイプだった。

腑抜けだった時期は見ていないからわからないけど、あたしに対しても最初からフェアだった。お互いの間の垣根が少しずつ低くなってからは、彼独特の頼もしさを感じることも増えた。

ヒデと三人、アリス・スプリングスまで交代で運転しながら出かけた日のことを思い出す。ヒデが大事な面談をしている間、イズミと二人きりで過ごしたあの時間は、いま思うと世界から隔絶されたみたいな不思議なひとときだった。

芝生に寝転がって見上げた極彩色のインコの群れ。ぽろりぽろりと落ちてくる木の実。折り重なった緑の葉、その間からこぼれる陽《ひ》の光、木陰の心地よさ。

あたしがキャロル・キングの『So Far Away』を歌って、そこへ突風が吹いてきて、ちょうど頭に浮かんだ曲を書きつけていた紙が麦わら帽子と一緒に吹き飛ばされた時――イズミが見せた瞬発力を忘れない。猛然とダッシュして、まずは紙片を、続いて帽子のほうも無事につかまえて戻ってきたイズミは、こちらを見て眩《まぶ》しげに片目を眇《すが》めた。ほんの一分にも満たない出来事だったけれど、その時の彼は、何か未知なるしなやかな生きもののように見えた。

もしかすると今こうして、あたしがまるで似合いもしないお節介を焼いているのは、あの時の借りがあるせいかもしれない。彼のほうはきっと、そんな出来事があったことさえ忘れているに違いないけれど。

恋人から彼宛に届いているメールに、そのまま返信するかたちで打ち込む。

Dear Karen

日本語を書くのは苦手だから、英語で勘弁してもらう。いきなり知らない人間から英文のメールが届いたら警戒されてしまうだろうけれど、イズミのアドレスからならとりあえず読んではくれるだろう。

短い自己紹介に続けてこちらの用件と要望をざっくり伝え、返事はあたしのアドレスに直接送ってほしいと書き加えて、文末に、

Best Regards,
Alexandra

と記す。

送信ボタンをクリックすると同時に、メールは約七千キロも彼方《かなた》にいるイズミの恋人のもとに飛んでいった。時差はほとんどないようなものだから、たぶん早々に目に触れるはずだ。

ソフトを終了する前に、念のため、今送ったメールを送信ボックスとダストボックスの両方から消去する。これくらいしておけば、イズミが気づくことはまずないだろう。あとは向こうからの返事を待つだけだ。

ノートパソコンを閉じ、着替えの衣類で包《くる》むようにして荷物に入れると、あたしはエアコンを消し、ダッフルバッグと自分のトートバッグを戸口まで運んだ。それ

から、部屋の中をもう一度ぐるりとチェックした。

乱れていたベッドシーツと毛布は、見られるくらいに皺《しわ》を伸ばした。脱ぎ捨ててあったジミー・クリフのTシャツも、洗って干すだけの時間はなかったので一応畳む。これで、帰ってきたらすぐにゆっくり休んでもらえるだろう。

——よかったねえ、イズミ。

——とにもかくにも死ななくて。

ものの喩《たと》えではなく、たった十センチの差で命拾いしたのだ。そうでなければ、あたしが駆けつけた時にはもう、物言わぬ冷たい骸《むくろ》になっていたところだった。

改めてリアルに想像なんかするんじゃなかった。

不覚にも涙があふれ出て、めちゃめちゃ癪《しゃく》に障《さわ》ったから、そばに洗って干してあったイズミのタオルに思いっきり洟《はな》をなすりつけてやった。

＊

せっかくライヴを観《み》に来てくれたというのに、終了後に楽屋を訪ねてくるなり、イズミはえらい剣幕であたしを指さした。

「なんできみがそれを着てるんだよ！」

退院から約一ヶ月。日本へ帰るぎりぎり間際のことだ。

「さっきステージに出てきたとこ見て、どんだけびっくりしたか。変な声出ちゃったろうが」

そんなのは知ったことじゃない。あたしが肩をすくめてみせると、イズミはなおも言った。

「いつのまにかなくなってるから、部屋中さんざん探したんだぞ。気に入ってたのに、なんで勝手に持ってくかなあ」

「なんでって、」

汗を拭《ふ》き、ギターを横へ置きながら言ってやった。

「しいて言えば、あたしのほうが似合うから？」

気に入ったので、やっぱりあの日、もらって帰ることにしたのだった。いつもはシンプルなりにエッジの効いた衣装でステージに上がるあたしが、デニムの上にぶかぶかのTシャツを着て出てきたのを見て、観客ははじめ笑ったりざわついたりした。でもそれは、すぐに歓声と拍手に変わった。長らくロンドンを活動の拠点にしてきたレゲエの重鎮ジミー・クリフは、この国においても人気が高いのだ。

イズミはなおも何か言おうとしたものの、結局あきらめたように肩を落とした。

「……わかったよ、もう。さっきのあの曲のカバーは素晴らしかったしさ。いいよ、やるよ」

「ちょっと何言ってるかわからない」

「え？」

「とっくにあたしのなんですけど」

ただ一筋のスポットライトが照らす仄暗《ほのぐら》いステージの上、あたしがライヴの一曲目に選んだのは『Many Rivers To Cross』だった。

越えなければならない河がたくさんあるのに
向こう岸へ渡るすべがわからない
迷子になっちまったのかな
俺を何とか生かしてるのはただ己《おのれ》の意志だけ……

目を閉じ、ギター一本であたしは歌った。誰にも言わなかったけれど、そう、本人にさえ言わなかったけれど、あの一曲だけは、会場にいるただ一人のための歌だった。

ライヴの数日後、イズミは日本へ帰っていった。忙しいからと嘘をついて、見送りにはもちろん行かなかった。

研究所の手伝いは、マリアの教え子だという女の子が一応引き継いだものの、さすがにこれまでと同じようにはいかないようで、ダイアンもヒデも四苦八苦している。ああ見えてイズミは得がたい人材だったらしい。

「いつかまた戻ってきてくれないかなあ」

と、ヒデはこっそり泣き言をもらした。

「ほんとはずっとこっちにいて欲しかったなあ」

じゃあどうして引き留めてくれなかったのよ、という言葉を、あたしは呑《の》み込んだ。

いちばんしんどい時のイズミを預かり、その心の恢復をそばで見守ってきたのはヒデで、彼こそは最もイズミの幸福を願っているに違いないからだ。

——逃げ続けているうちは、逃れられない。

指の怪我《けが》から長らく目を逸《そ》らし続けていたあたしが、ようやく覚《さと》ったのはそのことだった。前と同じようにはギターを弾《ひ》けない自分がどんなにもどかしくて、どんなに認めたくなくても、歌そのものをあきらめることができない以上はこの現実ごと受け容《い》れて飲み下すしかない。

イズミだってそうだ。彼もまた、一度は日本に帰って、中途半端に放りだしてきたいろいろに決着をつけなくてはならない。そうして一つずつ、無理にでも河を渡ってみせない限り、あたしたちはいつまでたっても、自分の望む目的地に辿《たど》り着くことはできないのだ。

ともあれヒデには、別のことで感謝もしている。研究者としてレインジャーとしてこのウルルの地にとどまる決心をしたヒデが、あんなにはっきり口に出してダイアンを引き留めてくれたのは嬉しい驚きだった。北の果てキャサリンの研究所なんかへ戻ってしまうより、ここにいてくれたほうがずっといい。

何度来ても暑過ぎるし、汗はかいたそばから蒸発する。

紫外線は苛烈だし、服の繊維に砂だって入り込む。

それでも——あたしは、この土地がけっこう気に入っているのだ。

9 *Can't Help Falling In Love*

びくっとなって目を開けると、天井は思いきり和風の板張りだった。

（……だよな。帰ってきたんだよな）

いったいどれだけたつと思ってるんだ、もう十ヶ月だぞ、と自分に苦笑しながら、僕は、ゴチゴチに固まっていた身体《からだ》の力を抜いた。

今の今まで見ていたはずの夢が、もう思い出せない。狭い階段を見おろしていたか、それとも振りかざされたナイフを見上げているのだったか——いずれにせよ、今回もほんとうに夢だったようだ。心の底から安堵《あんど》しながら寝返りを打ち、枕元の腕時計に手を伸ばした。

とたんに鳴りだしたスマホのアラームを止める。午前五時。たとえ熟睡している時でも、たいていはアラームの一分前に目覚める癖がついている。

冬の間はすぐさまストーブをつけなければ布団から出る気にもなれなかったが、さすがにもうそんなことはない。足もとの側の壁にかけたカレンダーをぼんやり見やる。銀行の名前が入っているそれは月めくりで、今月四月の写真は奈良県吉野山《よしのやま》の桜だ。早くも月半ばにさしかかった今、外の桜はすっかり散ってしまった。

もう少し寝ていたい気持ちにけりをつけ、布団をはねのけて、ランニング用のウエアに着替える。まずは身体を内側から温めるためにマグカップ一杯の白湯《さゆ》を飲み、ストーブの前でゆっくりと全身のストレッチをする。

物事何でも、準備こそが肝腎《かんじん》なのに、人はつい、焦って事を急ぐ。ウォーミングアップを疎《おろそ》かにしたせいで背中の筋《すじ》を傷め、長いスランプに苦しんだことが僕にもあった。あんな思いはもうこりごりだ。

自分なりに納得できるだけの準備を整え終わると、僕は隣の住人の眠りを妨げないようにドアを開けた。そっと鉄階段を下りて、明るくなったばかりの町を駅の方角へと走り出す。

三分ほどたつうちに、身体の隅々にまで力が漲《みなぎ》ってゆくのがわかった。

*

大学の春休みは長い。後期末の試験がすべて終わった二月頭から三月末までずっと休みだったので、僕は『風見鶏』のほかにも短期で実入りのいいアルバイトを入れたりなどしてせっせと稼いだ。親に学費を出してもらって通っている大学を、まるまる一年半も休学したのだ。自分にできる限りのことをして、返せるものは返したかった。

親しかった同期の友人たちはみんな卒業してしまったというのに、ダブってやり直している僕が部活に精を出す余裕などあるはずもない。毎朝走っているのは、ただ単に、そうしないと落ち着かないからだ。去年の半ばまで滞在していたオーストラリアでも、走ることだけはやめられなかった。研究所のあるウルルではもちろん、クリスマスにアレックスの家に招かれて滞在した時でさえ、毎朝シドニーの街を走っていた。

僕が向こうへ行ったのは一昨年《おととし》——。

お腹《なか》が大きかった由里子さんを事故に遭わせてしまったのがあの年のまだ寒い頃

で、そこから自家中毒に陥り、周りじゅうに迷惑をかけ、とうとう逃げるように飛行機に乗った時にはすでに夏の盛りになっていた。

　本来ならば四月から四年生になるはずだったから、あんなことさえなければ、もうとっくにどこかの会社にでも就職していたのかもしれない。

　でもあの時は、自分の将来のことなんか何一つ考えられなかった。大学に籍など置いておいたところで戻れる日が来るとはとうてい思えなかったけれど、

〈早まっては駄目。辞めるのはいつでもできるんだから、ね〉

佐恵子《さえこ》おばさんや親父《おやじ》たちに説得され、とにもかくにも休学の届けを出してきた。

オーストラリアで年を越し、ウルルでの滞在が七ヶ月近くになった、去年の二月。大家の森下さんが交通事故に遭ったのをきっかけに、秀人さんと僕は二人そろって帰国した。

　たったの三日間だったものの、かれんにはやっと逢《あ》えて互いの名前を呼び合うことができたし、翌日には家族みんなにも顔を見せられたし、なんとかマスターと由里子さんの前に立つこともできた。帰りは空港まで、原田先輩と星野りつ子が僕らを送り届けてくれた。

　わずかにせよ、前へ進むことができたのかもしれなかった。これで赦《ゆる》されただな

んて簡単に思うことはできなかったけれど、僕が僕自身を罰し続けていることが、当のマスターや由里子さんをはじめとする周りのみんなを苦しめているのなら、何を犠牲にしてでも立ち直ってみせなくてはいけない。それだけは骨身にしみてわかった。僕は、自分のためじゃなく、僕を案じてくれるひとたちのためにこそ前を向き、顔を上げて生きることを受け容《い》れなくてはいけないのだ。帰りの飛行機の中で、若菜ちゃんへの手紙にしたためたのはその想《おも》いだった。

それなのに——。

どうやら人間、生きたい、生きよう、と欲が出始めると、得てして災難に見舞われるものらしい。ウルルへ帰ってすぐの四月のあたま、僕は危うく命を落としかけた。

リッキーとの死闘の際に負った左肩の刺し傷は二ヶ所ともそうとう深く、

〈輸血が間に合わなければ危ないところでしたよ〉

と医者は真顔で言い、それを横で聞いていた秀人さんは半泣きの笑みで言った。

〈よかったなあ、ありがちな血液型で！〉

まあ実際、その通りには違いなかった。

他にも、切りつけられた胸や、応戦した際の腕、割れて飛んできたガラスによる眉《まゆ》の上の傷まで合わせると、ちくちく縫われたのは全部で七ヵ所、四十針を超えていた。お土地柄と言うべきなのか、かなり雑な縫い方だった。はっきり言って、丈のやつが縫ったほうがまだマシなんじゃないかというくらいだった。

まだシャワーも浴びられないでいた頃、全身清拭《せいしき》をしてくれた若い女性看護師がくすくす笑いながら言った。

〈うふふ、フランケンシュタインのモンスターみたいでかっこいいわよ〉

けっこうショックだった。看護師はそりゃ見慣れているかもしれないが、これから先いざという時、かれんに気持ち悪がられたらどうしてくれるのだ。

そのかれんはといえば、太陽が西から昇るくらいめずらしいアレックスの気遣いのおかげで、はるばる会いに来てくれたばかりか、入院中もずっとそばにいてくれた。

ヘリで担ぎ込まれた当初のＩＣＵから一段階マシなＨＣＵを経て、本来なら合部屋の病室に移るところ、これまたアレックスが個室を手配してくれたおかげで、信じられないくらい快適な入院生活だった。

いったい幾ら遣ったのか、当然安くはないはずだし、アレックスに負担してもらう筋合いのものでもない。ちゃんと返したくて訊《き》き出そうとしたら、

〈あんたね、どれだけ稼ぎが違うと思ってんの？〉

片方の眉をぐいっと上げて、アレックスは言った。

〈お金なんて、こういう時に遣わなかったら持ってるだけ無駄なのよ。別にイズミのためじゃない。きっちり休んで早いとこ元気になってもらわないとダイアンが気を揉《も》むから〉

後半、そっぽを向いていたのは多分に照れ隠しだったろう。

退院して宿舎へ戻ってから二日間、かれんは空いていた僕の隣の部屋に泊まった。離れてしまえばまたしばらく逢えなくなるとわかっていても、ずっと病院のベッドにいた僕にはまだがつがつと彼女を欲しがるだけの体力はなくて、そのかわり僕らは最後の晩、夜通したくさんの話をした。あれはあれで、貴重な時間だったと思う。離ればなれだった間のことも、今現在のお互いへの想いも、これから先のことも、ありったけ話すことができた。

それから後、ようやく僕が帰国したのは六月のことだ。研究所での業務の引き継ぎや、世話になった人たちへの挨拶《あいさつ》をきっちり済ませようと思うと、どうしても時間は必要だった。

日本では梅雨《つゆ》が始まっていた。ウルルと対照的なじめじめとした空気は身体にこたえたものの、それこそ〈いざ〉かれんと二人きりになってみたら、今度こそ抱き合わずにはいられなかった。

　上半身だけでもTシャツを着たままでいようとした僕に、

〈どうして？　もっとぴったりくっつきたいのに〉

　そう言ったのはかれんのほうだ。

　思えば、ずいぶん前にもそんなことがあった。初めて結ばれた時はごく自然にそうなることができたのに、二度目から後、どういうわけかうまくできなくなってしまったあの頃。僕が、かれんの側の準備が整うまでは絶対に最後までしないと決めて、自分を律するためにジーンズを穿《は》いたままでいたら、彼女は聞こえないくらい小さい声で言ったのだ。

　――ごわごわして、いや。

　あれは、抱き合いたいと望んでいるのはあなただけじゃない、という、当時の彼女としては精いっぱいの意思表示だった。

　腕を上げるとまだ痛む左肩をかばいながら、僕がちょっと苦労してTシャツを脱ぐと、かれんは、縫い目のくっきりと残る傷痕《きずあと》一つひとつに指先で触れながらぽろぽろ泣いた。

〈これを見せたくなかったんだ〉

仕方なく僕は白状した。

〈ごめんな。気持ち悪いだろ〉

すると彼女は、首からもげるかと思うくらい激しくかぶりを振った。

〈そんなことない。あるわけないじゃない。この全部がショーリの勲章だもの〉

すぐそばの本棚の上からは、あの時ローラからもらった星の形のメダルが僕らを見下ろしていた。こちらへ送った僕の荷物の中からそれを見つけ出したかれんが、青いリボンごと、それこそ勲章みたいに額に収めて飾ってくれたのだ。

〈傷……痛むんでしょう?〉

〈まあ、たまに、少しはね〉

〈つまり、しょっちゅう、かなり痛むってことね〉

まだうっすらと濡《ぬ》れている目で僕を睨《にら》む。

〈今夜はまだ無理しないほうがいいんじゃない?〉

〈悪いけど、それこそ無理だよ〉

笑って抱き寄せようとしたら、かれんは僕を押しとどめ、再びおずおずと肩口に指で触れた。そうして自分から唇を寄せ、そっと傷痕にキスをした。

僕が不在の間、半年ごとに必要となる休学の延長手続きをしてくれたのは明子姉《あきこ》ちゃんだったそうだ。

小さい綾乃《あやの》を抱えて毎日大変なのに、面倒な手間をとらせてしまったことを詫《わ》びると、

〈いいのよ、そんなこと〉

明子姉ちゃんは笑った。

〈あれが退学届だったらやりきれなかっただろうけど、休学手続きの書類を記入してポストへ入れるたびに、勝利くんが帰ってこられるのはこの次かな、それともそのまた次かな、って願掛けするような気持ちになれたもの。逆に嬉しかったくらい〉

つまり僕は、ウルルで知り合った人たちだけでなく、日本に残してきた人たちにもそうとは知らずに助けてもらいながら、どうにか毎日を生き延びていたわけだ。

世界でいちばん苦しんでいるのは僕、みたいな気持ちでいた時もあったけれど、決してそうじゃなかった。もし逆の立場だったらどれだけキツかっただろう。つまり、僕の立場にかれんや丈がいて、僕のほうは彼らに手を差し伸べることもできず

に見守っているしかなかったら……それでも僕は、後から明子姉ちゃんみたいに、にっこり笑えただろうか。

結局、大学にはその秋から復帰した。

学部を卒業するには、基本的に最低四年間・合計八学期は在学して、決められた単位を修得しなくてはならない。

ということは、僕に足りない四年次の学期二つぶんを取り返すには、必ずしも春の新年度から通うのでなくても、秋学期（後期）の始めから、翌年の春学期（前期）の終わりまで、まじめに通えば足りるという計算になる。必要な単位さえきっちり修得できていれば、秋口に卒業することも可能なわけで、今のところ僕の目標はそれだった。

そう言えば、ひとつ驚いたことがある。あの原田先輩が、同じ方式で、僕が九月に復学するのと入れかわりに卒業していったのだ。

星野りつ子は当然ながら三月に卒業していたが、先輩はきっと、大学側が認めるぎりぎりいっぱいまで学生でいる気だろう、そのあとはたぶん中退でもするのだろうと勝手に思いこんでいたものだから、本当にびっくりした。

〈もしかして何か心境の変化でもあったんですか〉

と訊いてみると、

〈ね、ねえわ、そんなもん〉

先輩は不機嫌そうに明後日《あさって》の方角を向いた。なぜだか耳たぶが真っ赤だった。

怪我《けが》そのものの痛みはともかく、大量に血を失ったせいで体力が落ちていたぶん、通学の満員電車はこたえたけれど、それすらもリハビリになったのだろう。できるだけラッシュの時間帯を避けて通ううち、だんだんと身体も慣れていった。

街路樹の葉が色づく頃には、毎朝のランニングができるくらいまでに復調していた。アスファルトの道を走るとまだ振動が肩に響いたし、吐く息が白くなってくれば今度は寒さのせいで痛んだりもしたが、どれもたいしたことじゃない。病院で目を覚ました時の、あの身じろぎするだけで絶叫しそうになるほどの痛みに比べたら、そんなのは子どももだましもいいところだった。

やがて、大学の正門内にそびえる日本のヒマラヤ杉にイルミネーションが点《とも》る季節がやってきた。

キャンパスの前を通れば当たり前に見ることのできる光景だけれど、学生としてここにいられる冬はこれが最後になるはずだ。

僕はかれんを誘っていつかのイヴのように待ち合わせ、懐かしいビストロで食事をしてから、夜道を大学へと向かった。

チャペルのクリスマス礼拝をまた後ろから覗《のぞ》き、とりどりの電球に彩られたヒマラヤ杉を並んで見上げる。虹色の光が、風に揺れては滲《にじ》む。

かれんはあの時と同じく、両手を祈るように組み合わせ、はるか高みにある梢《こずえ》を見上げていた。首元にぐるぐると巻いた淡い水色のマフラーに、まるで桜の花弁みたいな耳たぶが半ば埋もれていて、そこには僕が贈ったばかりの小さなピアスが光っていた。例によって由里子さんにデザインしてもらったそれは、ブルートパーズとホワイトゴールドを組み合わせたシンプルなものだった。

かれんのほうは、僕に新しい黒のワークブーツをプレゼントしてくれた。イギリス製の編み上げ式のやつで、革を柔らかくするためのワックスや手入れ用のブラシまでセットになっていた。ウルルで履き続けた一足が、秀人さんのそれを笑えないくらい傷だらけのぼろぼろになっていたのを見かねたらしい。

あれからもう三年もたつんだな、と僕は思った。このツリーの下で、ゴマ粒みたいなダイヤのネックレスをかれんの首にかけてやったあの時は、ちょうど彼女がおばあちゃんのいる施設で働くために鴨川へ行ってしまう直前でもあって、お互いの気持ちがすごく不安定だった。裏門の近くにあるバードサンクチュアリのベンチで、彼女のことを頬っぺたがべたべたになるくらい泣かせてしまったのを覚えている。
あれから紆《う》余曲折《よきょくせつ》あった後、鴨川の施設の経営は大きく舵《かじ》を切らざるを得なくなり、かれんはそこを辞めて帰ってくることになった。入所しているお年寄りたちを守るためには副院長の判断も仕方のないことで、でもそれがいちばん大きなきっかけになり、かれんとマスターのおばあちゃんは花村の家に引き取られることが決まったわけだ。

このところ時々体調を崩しがちだった佐恵子おばさんにとっても、新しい生活リズムはいい意味で刺激になったらしい。かれんが新しい施設へ通勤するようになってからの日中は、佐恵子さんが面倒を見たり、由里子さんが『風見鶏』や『ル・ヴァン』へ連れて行ったりして、みんなでおばあちゃんの相手をするようになった。

〈セツコやあ〉
〈はぁい、なぁに〉
〈ヒロアキはまだ学校かい〉
〈そうなの、野球の練習が忙しくてね〉

一言ひとことにチョウチョがとまりそうなくらいのんびりとしたやり取りを、おばあちゃんとかれんは毎日飽かずにくり返していた。

〈ちっちゃいかれんはどこ行ったかねえ〉

〈そうねぇ、またすぐ遊びに来てくれるはずよ〉

〈早く会いたいねえ。あの子はほんとに可愛《かわい》くって〉

おばあちゃんの中ではいつしか、明子姉ちゃんが連れてくる綾乃が〈ちっちゃいかれん〉になっているようで、でも誰もその間違いを正したりしなかったし、綾乃自身もおばあちゃんの膝《ひざ》であやしてもらうのが大好きだった。

歳が歳だけに少しずつ食が細くなってはいるものの、おばあちゃんはいつもにこやかで、周りじゅうに向かって感謝の気持ちを口にした。中でもいちばんよく話題に上る思い出話は、ずっと昔に娘夫婦や孫たちと出かけた一面の菜の花畑だった。

〈いつか、みんなでまたあそこへ行こうねえ〉

〈そうね、行きましょうね〉

〈ちっちゃいかれんもヒロアキも連れて、みんなでねえ〉

〈ええ、きっとね〉

そんなふうにして、年が明けた。

「今年もよろしくお願いします」

と、誰もがそれぞれの願いや祈りを胸に挨拶を交わし合う、落ち着いたお正月だった。

久々のおせちにはしみじみとした。佐恵子おばさん、由里子さん、明子姉ちゃん、それぞれの作るお煮しめやお雑煮が、全部違っているのに全部美味《おい》しくて、いつのまにか親戚《しんせき》がこんなに増えたことにもまたしみじみとした。

ほんとうはここに、綾乃よりもっと手のかかるちびすけがいたはずなのだ。

それを詫びる気持ちも、自分を責める気持ちも永遠に消えはしないけれど、僕はかれんと並んで笑っていた。あんまり幸せで、うっかりすると泣けてきてしまいそうだった。

疎遠だった人との別れより、幸せな思い出をたくさん共有する相手との別れのほうが辛《つら》いのは当然のことだ。人の死の重さとはつまり、そのひとが遺《のこ》していった思い出の重さと言えるかもしれない。
おばあちゃんが亡くなったのは、ほんのひと月ほど前——三月半ばのことだった。じつのところ去年の暮れごろにはもう、それまで以上に食が細って痩《や》せてきて、マスターとかれんと佐恵子おばさんが一緒に病院へ連れていくと、
〈ひとことで言えば老衰ですね〉

と言われた。

入院もできるけれども、そうとなれば病院側としては、何かしら治療をしなくてはならない。食べない人に強制的に栄養を摂《と》らせようと思えば、胃瘻《いろう》といってお腹に穴を開けてチューブを通し、そこから胃に直接流し込む方法をとらざるを得ない。

これが病気だったら、そして治りさえすればもっと生きられるなら、積極的な治療にも意味はあるだろう。でも、おばあちゃんの場合はそうじゃなくて、寿命なのだ。すべての人間がいつか等しく迎えるものだ。

医師ともいろいろ話し合った結果、おばあちゃんはそのまま花村の家に連れて帰ることになった。できるだけ自然に、無理をせずにみんなと日々を過ごすほうが、病院のベッドの上で管に繫《つな》がれて最期を迎えるより幸せなんじゃないか、という判断だった。

きっと間違っていなかったと思う。

やがて寝たきりになってからも、おばあちゃんは誰かに話しかけられるたびにこにこしていたし、〈ちっちゃいかれん〉が訪ねていくと頭を撫《な》でたり、夜などは枕元でかれんが編物をするのを眺めたりしていた。そうして少しずつ夢の中にいる時間のほうが増えていき、いよいよ何も食べなくなってから数日後、まさに眠るように静かに息を引き取った。大往生だった。

葬儀はほぼ身内だけの慎《つつ》ましいものだったのに、わざわざ鴨川の施設から小林《こばやし》さんが来て参列してくれたのはありがたいことだった。おばあちゃんが長らく世話になり、かれんも働き出してからはずっと指導を受けていた介護福祉士の大先輩だ。

それまで、涙をこぼしながらも懸命に嗚咽《おえつ》をこらえていたかれんが、小林さんの顔を見るなり、抱きついて身も世もなく泣きだした。その背中を、小林さんは数珠《じゅず》を握った手で優しくさすって慰《なぐさ》めていた。

思えば僕がかれんの後をつけて最初に鴨川へ行った時、おばあちゃんをあそこへ預けているという〈上のお孫さん〉について教えてくれたのはこの人だった。かれんが過労で倒れた時には僕に連絡をくれて、すぐに食べられるようにとタッパーにおかずをいろいろ詰めて持たせてくれたし、〈頑張りやさん〉の彼女を可愛がり、再就職についても精いっぱい力を尽くしてくれた。

僕らはいったい、一生のうちにどれだけの人に支えられて生きてゆくものなんだろう。そうした恩恵をまったくこうむっていない人間なんて、たぶんこの世にいない。自分は誰の世話にもなっていないとか、誰も自分のために何かしてくれないと思うなら、それはただ気づいていないだけなのだ。

喪失に慣れるには時間がかかる。葬儀の後しばらく、かれんも佐恵子おばさんも、家の中に残された手すりとかスロープなんかを眺めてはひっそりとため息をついていたけれど、それでも、〈できるだけのことはした〉という思いが家族を救ってくれていた気がする。

＊

走って駅まで辿《たど》り着いてからは、線路に沿ってさらにペースを上げた。恢復《かいふく》するとともに、走る距離も速さもかなり戻ってきた。途中で始発の電車とすれ違う。先月の初め頃は、この時間だとまだ真っ暗だったのだ。毎日続けて走っていると季節の歩みを肌で感じられる。

線路際にタンポポが咲いているのを横目で見ながら、さて、どうしたものかな、と思った。

かつて、かれんは介護福祉士を目指そうと決心して美術の教師を辞めた。その転身のきっかけとなったおばあちゃんを亡くしてしまった今も、彼女の情熱にはわずかな陰りもない。傍《はた》から見ていても、この仕事は彼女の天職なんだろうと思う。なぜって、夢を実現するためにどれだけ大変な思いをしていても、少しも辛そうには見えないからだ。

僕は、どうなんだろう。このままいけば秋には大学を（ようやく）卒業できるとして、その後はどうするんだろう。

自分のことなのにまるで他人事《ひとごと》みたいなのは、何から手をつけていいかわからないせいだ。考えなければならないことが多すぎて、どれ一つとして決められないでいる。

角を右へ曲がり、住宅街を抜けてなおもしばらく走るうちに、見慣れた商店街へ出た。当然ながらどの店舗もまだ閉まっていて、灯《あか》りが消えているかシャッターを下ろしているかのどちらかだ。

人けのないアーケードを、同じ歩幅、同じペースを保って走ってゆく。いちばん馴染《なじ》みのある店の前をそのまま通り過ぎようとした僕は、あれっ、と思って引き返した。窓に下ろされたブラインド越し、奥に灯りがついているのが見える。

昨夜、消し忘れて帰ったとも思えないし、何か早く来なくてはならない用事でもあったんだろうか。ブラインドの隙間《すきま》から中を覗こうと首を伸ばしたり縮めたりしていたら、いきなりドアが開いた。早朝の街に、カランコロン、とカウベルの音が響く。

「何してる。入れよ」

と、マスターは言った。

香ばしくて少し酸味を感じるコーヒー豆の香りが立ちこめていた。テーブル席の並ぶフロアは仄白《ほのじろ》く明るいけれど、朝陽《あさひ》はまだ射《さ》し込まない。厨房《ちゅうぼう》の灯りだけが点ってガラスや金属の什器《じゅうき》を照らしている感じが、まるで何かの実験室みたいに清潔で美しい。

カウンターの端に僕を座らせ、マスターはレモンを搾《しぼ》った水とともに乾いたタオルを差し出してくれた。ずっと野球をやっていた人だけに、汗を冷やすのはまずいってことをよく知っているのだ。

「めずらしい種類の豆が手に入ったもんでさ」と、マスターは言った。「どういう具合に淹《い》れるのがいちばんうまいか探ってたんだ」

「そういうの、いつもは店が終わった後にやるのに?」

「まあそうなんだが、うん。ゆうべはちょっと、慌てて帰ったもんでな」

その様子に、なぜかどきっとした。

「もしかして、由里子さんに何かあったとか?」

マスターは微妙な顔でこちらを見た。

「……なんでそう思う？」

「や、なんでってことはないけど、体調は大丈夫なのかなとか」

「あいつは元気にやってるよ」

「そう。ならいいんだ」

「ゆうべは単に、俺が早く帰りたかっただけだ」

「そっか。うん」

ほっとした僕をまじまじと見て、マスターは黙って首を横にふった。

「お前なあ、もうちょっとこう無頓着になれ。何かっていうとあいつのことを気にしすぎだぞ」

「そう、かな」

「由里子はもう、どこも問題ない。医者が太鼓判を押すくらいの健康体なんだから、そんなにいちいちハラハラしなくていい」

「わかった」

ったく、と顔をしかめたマスターが、何を思ったか、じんわりと苦笑した。

「しかしまあ、お前ってやつは……」

「なにさ」

「何てぇのか、不思議なやつだな」

「それ、ずっと前にかれんにも言われたことある。『不思議な子よねえ』って」

「いつ」

「だからずっと昔。一緒に暮らしだした年の夏、鴨川で」

ふん、とマスターが鼻を鳴らした。

「あいつとはどういうわけか意見が合うんだ。それはそうとお前、いま急いでるか？」

「や、べつに。何？」

「このコーヒーの飲み比べをしてってもらえないかな」

それなら望むところだ。

ふだん、カウンター内で並んで働いている時も、マスターから学ぶことはたくさんある。手取り足取り教えてもらえるわけではないからこそ、その技を横目で見ては盗むように心がけているのだけれど、そうは言っても途中でオーダーが入ったり、客に話しかけられたりすればそちらを優先しなければならないわけで、こうして目の前で淹れているところを正面からガン見できるなんて機会はそうそうなかった。

「この豆は、浅煎《あさい》りから中煎りの間くらいがいちばん香りが生きると思うんだよな」

言いながらマスターが豆を量る。

焙煎《ばいせん》で大切なのは、その豆特有のポテンシャルを最大限に引き出すことだ。どの種類ならこのくらい、みたいな決まったルールがあるわけじゃないからこそ奥深い。

さらにマスターは同じ豆を同じだけ量り、三種類の方法で淹れた。フレンチプレスと、サイフォンと、いつも通りのハンドドリップと。

華やかな香りとともに、僕の前に小さい耐熱グラスが三つ並ぶ。やや緊張しながら、左から順に試していく。

初めに感じたのは、新鮮な驚きだった。目を瞠《みは》るほど鮮やかな、南国の花のような香味。一口含むと今度はフルーツを思わせる甘味と酸味が舌の上に広がって、鼻から抜ける。

「うそ。これがコーヒー？」

思わず呟《つぶや》くと、マスターが目だけでニヤリと笑《え》んだ。

順繰りに飲み比べる。目を閉じて集中する。さらにもう一巡ゆっくり味わってから、僕は言った。

「この豆に限っては、フレンチプレスかな」

「ほう。理由は？」

「油分までしっかり抽出されるだろ？　野性的な持ち味がいちばん前へ出てる気がする。もちろん他の二つも全然悪くないよ、でもサイフォンだとちょっとスッキリし過ぎてもったいない感じだし、ハンドドリップでもまだおとなしい。これだけの香りと味わいが楽しめるってことはよっぽど上質な豆なんだろうから、その風味を余さずダイレクトに抽出できるって意味で、フレンチプレスがいちばんかなって」

自分ではもう、ひととおり飲み比べた後だったのだろう。僕の目を見ながら聞いていたマスターが、深く頷《うなず》いた。

「お前の言うとおりだ」

「ま、あくまで俺の好みだけどさ」

「いや、俺もそう思ったよ。たいしたもんだ」

めちゃめちゃ嬉《うれ》しかった。照れ隠しに、僕は言った。

「でも、お客さんによってはスッキリした飲み味が好きかもしれないよ」

マスターが首を横にふる。

「客には出さない」

「え？」

「もし店で利益まで上げようと思ったら、一杯二千円は軽く超えちまう」

「はああ？　マジで？」

「ああ。だからこれは、完全に俺の道楽さ。付き合ってくれてありがとうな」

わざわざ早起きして淹れ方の研究までしていたのに、店では出さない？　いったいどれだけの探究心だ。

「だ……だけどさ、そんなに希少な豆なら、常連さんの中にはたとえ高いお金を払ってでも是非とも飲んでみたいって人もいるんじゃないの？」

「いるだろうな」

「だったら、そういう人にだけ出すとかさ」

するとマスターは、難しい顔で腕組みをした。

「なあ、勝利」

「うん？」

「ものには値段があると思わないか？」

当たり前すぎて、意味がわからない。

「……どういうこと？」

「世の中のどんなものにも、それなりの妥当な値段というものがあってさ。たとえば、そこの駅前の定食屋あるだろう」

「うん。たまに行くよ」

「俺も気に入ってる」

庶民的だけどけっこう旨《うま》い店だ。ご飯がおかわり自由なのもいい。

「だが、あの店で白飯と豚汁の定食に五千円は払いたくない。味噌汁《みそしる》の具にフカヒレが入ってるとか、飯の上にキャビアがのってたとしても、はなからこの店にそういうのは望んでないぞと言いたくなる。それと同じで、うちの店で出すコーヒーが一杯二千円以上するっていうのも、なんか違うと思うんだよ」

僕は真剣に耳を傾けた。何かはよくわからないけれど、大事な話をしてもらっている気がする。

「これがもし、五つ星のホテルのラウンジで出てくるコーヒーだったら話は別だろうさ。そういうところへ出かけてく客は、ロケーションや自分以外の客筋、流れる音楽から上等なソファの座り心地まで全部込みでそれを楽しむために来てるわけだから、ただのブレンド一杯に経費の何もかもが上乗せされてたって、文句なんか言わずに飲んで帰る。だけどな、この店は違うだろ。卑下して言ってるんじゃないぞ。

はなから役割というか存在意義が違うんだよ。駅から少し歩いた静かな環境で、時間帯さえ選べば落ち着いて読書なんかもできる。小腹が空《す》けばピザトーストかサンドイッチか、定番のケーキくらいは出てくる。どこにでもあるような喫茶店だが、コーヒーだけはいつ行ってもきっちり旨い。うちは、あくまでもそういう店なんだ。そういう店であることを俺は誇りにしてる。だからこそ、メニューに書かれた値段を見ただけで飲める客とそうでない客が分かれるようなコーヒーを、わざわざ出そうとは思わない。由里子の伝手《つて》でやっと手に入れられた幻の豆で、たとえどれほどの利益が上がるとしたって、それじゃもう『風見鶏』じゃないだろ、という気がするんだ」

僕が黙っていると、マスターはおもむろに換気扇を回し、煙草《たばこ》に火をつけた。人差し指で目の下をかきながら、口もとをちょっと歪《ゆが》める。

「恥ずかしいもんだな。ついつい語っちまって」

「ううん。わかる気がするよ、マスターの言ってること」

「そうか？　中沢あたりに聞かれたら、『だから先輩は甘いんですよ』とか言われそうだけどな」

「言わないよ、たぶん」

「え？」

「中沢さんは、今のを聞いてもそんなこと言わないと思う。あの人、マスターの生き方をめちゃくちゃ尊敬してるもん」

ふむ、と鼻を鳴らしたマスターが、さっきの豆を二人ぶん挽《ひ》き、しっかりとフレンチプレスで淹れて、

「身体、冷やすなよ」

熱々の一杯を僕の前に置いてくれた。今度はちゃんとした磁器のカップだった。

「畏《おそ》れ多くて飲めないよ」

「はっ、そんなわけあるか。たかがコーヒーだぞ」

そうは言われたけれど、僕は神経を研ぎ澄ませ、少しずつじっくり味わった。初めての体験というのは常に、その新鮮さで細胞のすべてを刺激してくれる。

「旨いだろう」

「うん、すごく。でも……」

「ん？」

「日常的に飲むものじゃないね。こういうのは、人生経験の一つ、くらいの感じでいいよ。知っておいて損はないみたいなさ」

マスターが笑って、確かにな、と呟く。

その続きで言った。

「で、何を悩んでる？」

「え」

「ここんとこ、ずっと何か考えてるだろう」

僕は、手にしたカップをソーサーに戻した。

どうしてこの人には、何でもお見通しなのだろう。

「話したくなきゃ無理にとは言わんが、俺でよければ聞くくらいのことはできるぞ」

コーヒーの黒い表面に目を落とす。フレンチプレスだけに、濾紙《ろし》に濾《こ》し取られることなく残った油分が、ぐるりとカップの縁《ふち》に円を描いて光っている。さっきのマスターの話の、どこがいちばん胸に響いたのだろうと思ってみる。なぜあんなに、大事なことを言われている気持ちになったんだろう。

「コーヒーひとつにもさ」

と、僕はやがて言った。

「うん？」

「それこそ、〈たかがコーヒー〉ひとつにも、それぞれの味があるわけじゃん。その豆の個性にふさわしい焙煎の深さがあって、挽き方があって、それにぴったりのお湯の温度と淹れ方があってさ。どれひとつ失敗しても、せっかくの豆が生かせないわけだよね」

「ああ。そうだな」

「かれんは、自分の生かし方を見つけた」

マスターは、カウンターの内側に立ったままじっと僕を見ている。

「なのに俺は、全然なんだよ。自分に合う焙煎も、挽き方も温度もわかってない。試しにどれか一個でも決めないことには、マスターがさっきやったみたいなテストもできやしないのに、どこから手をつけていいかさっぱりわかんないんだよ」

ふむ、とまたマスターが鼻を鳴らす。

「ちなみに、味の好み、みたいなのに関してはどうなんだ。見当はついてるのか」

「……どうだろう。このまま、どこかの企業に就職する自分っていうのはちょっとイメージできなくて」

「学生のうちはたいていそんなもんじゃないか？　去年までここにいた子だってそうだったぞ。就職が決まってから研修や何かを受けるうちに、だんだん会社員としての自分に馴染んでいくもんだろ。最初は七五三みたいだったスーツがいつのまにか似合ってくようにさ」

「そうなんだろうね」

僕は言った。

「いざ入っちゃえばきっとそうなんだと思うよ。っていうか、自分で言うのも何だけど、俺はたぶん、いざとなったらそんなに苦労しなくてもその場所に馴染めるタイプなんだろうとも思う」

「だろうな」

「だけど、それってもう、俺じゃないいんじゃないのかなって」

「うん？」

「さっき、マスター言ってたろ？　それはもう『風見鶏』じゃないって。そういう感じ」

「――ふむ」

煙を横へ吐いたマスターが、煙草をもみ消す。

「かれんを見てるとさ。いや、かれんだけじゃなくマスターを見ててもそうなんだけど、本当に自分で納得のいくことを仕事に選んだ人って、めちゃめちゃかっこいいんだよな」

「おいおい。俺なんか、スポーツ用品の営業からの脱サラだぞ」

「それでも今は一国一城の主《あるじ》じゃん」

ふ、とマスターが笑う。

「そういうことになるのかな」

「俺にとっての納得いく仕事って何だろうって思ってみるとさ。できればこう、間に他人やモノを介さずに、直接誰かと関わるような仕事がしてみたいって思うんだよ」

「ふうん。とすると、自由業ってことになるのか？　写真家とかライターとか」

「憧れるけど、どっちもやったことないし」

「じゃあ何ならやったことがあるんだ？」

答えようとして、言いよどんだ。

ちょっとかじってみたことがあるだけに、かえって甘っちょろい戯《ざ》れ言《ごと》というか、ただ楽なほうへ逃げているみたいに聞こえるんじゃないか。

「どうした。試しに言ってみろよ。ここだけの話だ」

なおも促され、ようやく口に出した。

「……旅行関係」

「ほう」

マスターはそこで初めて、そばのスツールを引き寄せて座った。

「お前、あっちにいた間はそういう仕事をしてたのか」

「まあ、ちょくちょくね。ふだんは研究所の助手だったけど、手が足りないと駆り出されて、観光客相手の添乗員をやってた。あの土地を訪れた人たちに、先住民の文化の奥深さを伝える現地ツアーのさ」

「なるほど」

「こんなのってただの夢物語に聞こえると思うんだけど……俺、ほんとはもう一度ウルルで働いてみたいんだ。向こうで勉強したことを生かして、人と繋がる仕事がしたい。何も、ずーっとウルルじゃなくてもいいんだ。俺は秀人さんたちと違って研究者じゃないし、何が何でもアボリジニが対象じゃなきゃいけないわけじゃない。世界じゅうどこへ行ったって、その土地にはその土地だけの素晴らしい文化があるはずだし、そういう意味では逆に、日本でだって同じような仕事はできると思うよ。それこそ日本の文化についてはまだろくに知らないけど、どんなことだって死ぬ気で勉強すれば何とでもなる。英語でだって何とかなったくらいだから、そこはあんまり心配してない。ただ……本音を言えば、少なくとも最初の何年かは、あそこの人たちに恩返しをしたいんだ。俺を匿《かくま》ってくれたお礼じゃなくて、甘やかさずに育ててくれた恩を返したい。今のままじゃ、何もかもしてもらっただけで、何も返せてないから」

じつのところ、ずっと前から考えていたことではあった。

異文化と接したときの、あの目をひらかれるような感じ。自分が常識だと思っていたことが他国では当たり前でも何でもなくて、むしろ非常識だったりナンセンスだったりしたときの、世界がひっくり返るような驚き。足をすくわれたような心《こころ》許《もと》なさに慌てて何かにすがりたくなる半面、一つまた一つと身体を縛りつけていたいましめを解いてもらうような心地がして、自由っていうのはこんなに不安定なものなんだなと何度も思った。その不安定さがだんだん心地よくなっていった。

日本にじっとしているより海外のほうが、危険な犯罪に遭遇する確率は高いかもしれない。実際、僕はその一つに巻き込まれて命を落としかけた。

でも人間、一寸先はどうなるかわからない。現実的な危険に関しては常に先のことを考えて対処方法を準備し、それでも起きてしまうことにはその時の全力で対応するしかない。

明日は今日の続きじゃないんだってことは、あの時の経験で身に沁《し》みた。だからこそ、善意で関わってくれる人や、愛情を持ってそばにいてくれる人のことは、自分にできる精いっぱいで大事にしなきゃいけない。感謝の気持ちがあるなら間に合ううちに伝えるべきだし、恩義を感じるなら自分にできる方法できちんと返すべきなのだ。

でも……。

いつもこうして、〈でも〉に戻ってきてしまう。

でも、所詮《しょせん》は夢物語だ。もっと現実を見るべきだ、と。

マスターは、さっきから長いこと黙っている。窓に下ろしたブラインドの外は、もうだいぶ眩《まぶ》しい。

汗はとっくに乾いたから寒くはなかったけれど、沈黙が心許なくて、僕は何となく洟《はな》をすすった。

「おっと。風邪《かぜ》ひくなよ」

「……うん。大丈夫」

ふうーっと、マスターが息を吐く。そして言った。

「何から考えていいかわからないとかトボケやがって」

「……え?」

「お前、とっくにわかってるじゃないか。自分のやりたいことが」

「や、今のはほんと、夢っていうか妄想みたいなものでさ」

「どんなことだって最初はそうさ」

「けど、向こうでの給料なんか安いんだよ。日本の企業で働くみたいには稼げない」

「とりあえず食っていけりゃいいんじゃないのか」

「俺ひとりならね」

言外に匂《にお》わせた意味を、マスターは正確に汲《く》み取ってくれたようだ。何やら、げんなりした感じの苦笑を浮かべた。

「やってもみないうちから、そんなこと気にしてんのか」

「だって、いざ帰国したらどこかが雇ってくれるとは限らないだろ。歳ばっかり食って、どんどん就職しにくくなってさ。俺、かれんのヒモみたいになるのは絶対いやだし。そんな男を、そもそも花村のおじさんと佐恵子おばさんが娘の相手として認めてくれるとも思えないし」

「なら、もっと真剣に考えろ」

「だから、最初から言ってるじゃん。考えたいけど何から考えていいかわかんな……」

「そうじゃない」

苛立《いらだ》たしげに遮られた。

「お前は、はなから無理だと決めつけてるじゃないか。それが間違いの元なんだ」

「そっ……だってさ、」

「夢だろうが妄想だろうが、お前がそれを本気でかたちにすると仮定して、だ。先々日本へ舞い戻ってきた時にも同様の職種できっちり就職できるようにしたいんなら、まずは行く前にどういう会社にどんな根回しをしておけば将来その目論見《もくろみ》が叶《かな》うのか、攻略法を見つけ出せと言ってるんだ。そう考えるなら、今のうちにやっておくべきことはかなり絞られるんじゃないのか？」

茫然《ぼうぜん》としてしまった。言われてみれば一点の曇りもないほどその通りではある。でも、世の中、そんなに自分に都合のいい働き方が許されるものなんだろうか。

マスターが言っているのは、まず先に日本の旅行代理店にでも当たりを付けて、会社公認でウルルへ派遣してもらい、何年かたって帰国した暁《あかつき》には日本で採用してもらう、というような案だろう。言ってみれば雇ってもらうのにこちらから条件を付けるようなものだが、そういう手前勝手なやり方を呑《の》んでくれる会社があるかどうか、まずは探してみろ、ということだ。

「そりゃ……許されるならそれがいちばんありがたいけど、あるのかな、そんな会社って」

「『あるのかな』だぁ?」

マスターの眉根が寄った。

「ばかか、お前は。可能性ってのはな、なきゃ自力で作り出すものなんだよ」

「……う」

ぐうの音《ね》も出ない。

「……わかった。ちょっと当たってみるよ」

「向こうで世話になってたツアー会社があるなら、調べてみるんだな。そこの系列会社なり提携してる業者なりが、日本にあるかどうか」

つまり、ヨーコさんとラルフのいるあの会社ってことか。小さい会社のようだったから難しいかもしれないが、とりあえず訊いてみる価値はある。

「ありがとう、マスター」

と、僕は言った。

「何の礼だ。俺は単に、話を聞いただけだぞ」

「うん。でも、ありがとう」

まったく、人生何が起こるかわからない。まさかランニングの途中に、幻のコーヒーを飲ませてもらったばかりか進路の相談にまで乗ってもらえるとは考えもしていなかった。

このひとは、と思ってみる。知り合った頃からずっと、僕にとっての北極星《ポラリス》だ。いつだって変わらずに針路を照らし、ついでに（いささか乱暴ではあるけれど）背中を押してくれる。

と、その時、ランニングジャケットの胸ポケットでスマホが鳴り始めた。引っ張り出して見ると、画面に表示されているのはなんと、アレックスの名前だった。ほとんど時差がないにしたって、朝っぱらからいったい何の用事だろう。

電話に出ようとして、自意識が邪魔をした。マスターに、英語を話す自分を見られるのは面映《おもは》ゆいものがある。

「ごめん、また来るよ」

「おう。気をつけてな」

「ほんとにありがとう。あと、コーヒーごちそうさま」

マスターが黙って片手を挙げてよこす。

カウベルの音とともに外へ出ながら、急いでスマホを耳に当てた。どうしたんだよ、とこちらが言うより前に、アレックスはさらりと用件を告げた。

思わず足が止まる。

びっくりしすぎて言葉が出てこない。

ようやく口からこぼれ出たひと言は、

「You must be joking !」

賭《か》けてもいい、ぜったい僕をかついでいるのだと思った。

*

低い振動に身を任せ、備え付けのヘッドフォンから流れる音楽に耳を傾けていれば、どうしたって睡魔は襲ってくる。

到着まで時間はまだたっぷりあるのだし、今のうちに休んでおいたほうが後々楽なはずだ。それがわかっていながら、こうして何もせずにとろとろと過ごす時間があまりに心地よくて、さっきからずいぶん無理をしてまぶたを押し上げている。

離陸から二時間。最初の食事とその片付けも済み、隣に座るひとはいつのまにかぐっすり眠っていた。膝からずり落ちかけた毛布をそっとかけ直してやる。

金髪のキャビンアテンダントが通路をやってきて、隣の様子を見るなり、黙って僕に微笑《ほほえ》みかけた。かれんの寝顔はすべての人を幸福にする。世界平和の要《かなめ》と言っても過言じゃない。

彼女の横顔越しに見やった窓の外には、突き抜けるほど青い空が広がっていた。少しかがんで上のほうを仰ぎ見れば、さらに蒼《あお》く澄み渡った成層圏。逆に、座席から伸びあがって下を覗くと、銀色の翼の向こうに雲海が横たわっている。

これまでに経験したフライトの中でいちばん気持ちが落ち着いているのは、向かう先で待っている目的からして当然だけれど、何よりいちばんはやはり、かれんが一緒だからだ。二年ほど前に初めてシドニー行きに乗った時は、出された食事に手をつける気力もなかった。まさかこんな穏やかな想いでまたあの国へと向かう日が来ようだなんて、ほんとうに想像もできなかった。

ずっと座っているせいで身体は少し強《こわ》ばってきたものの、いつもに比べると雲泥《うんでい》の差だ。というのも、今回のオーストラリア行きはアレックスの招待で、チケットまで彼女が取ってくれたのだった。アレックスが手配するとなったら、まあ、エコノミークラスはあり得ない。ビジネスクラスでこれならファーストクラスなんて必要ないだろうと思うくらいの快適さだった。

さっきのキャビンアテンダントが、またゆっくりと通路を戻ってくる。僕がまだ起きているのを見て、何か必要なものはないかと訊いてくれた。

炭酸抜きの水を、と僕は言った。


国内線に乗り継ぎ、なおも三時間半。やっとのことでウルルに降り立った僕らは、シドニーの空港で一時間進めた時計の針を、今度は三十分戻した。とにかくだだっ広い国だから、国内でも時差があるのだ。

「思ってたより過ごしやすいのね」

タラップを下りたかれんが目を瞠る。

「言っただろ。こっちの冬はこんなもんなんだってば」

しかしそれも昼間だけだ。日中の気温は二十度くらいでも、陽が落ちればたちまち五度にまで下がる。

空港の建物に入ると、迎えに来ていたのはアレックスだった。セージグリーンの麻のシャツと、ホワイトデニムの短パン、大きなサングラス。

「Hi!　Good day《グッダイ》!」

僕に手をふってよこし、ちょっと見ないくらいの笑顔でかれんとはハイタッチを交わす。

「私まで一緒に招いてくれて、ほんとにありがとう」

「気にしないで、あたしが会いたかったんだから」

二人の間のメールのやり取りはあれからも続いているようで、いつのまにかすっかり仲良くなったらしい。どんなことが書かれているんだろうと思うと、なかなかおっかないものがある。

「てっきり、ラルフあたりが迎えに来てくれるんだと思ってた」

そう言ってみると、アレックスはサングラスをひょいと上げ、緑の目で僕を睨んだ。

「それは、あたしじゃ不服ってこと?」

「いやいやいや、そうじゃなくてさ。きみが来ちゃって大丈夫なのかなって」

「べつに。やることないし」

彼女は肩をすくめて歩きだした。

駐車場へ向かう歩道脇には、葉の尖《とが》った植物が植え込まれ、黄色や朱赤の花を咲かせている。そうだった、そういえばこんなふうだった。研究所の元所長だった佐藤さんが日本に帰るのを見送りに来た時も、同じ黄色の花が咲いていていた。

〈和泉くん。きみは、私とは違う〉

あの時、佐藤さんは言った。

〈きみには、時間もあれば若さゆえの生命力もある。自分の人生を、力ずくでねじふせてごらん。運命を従容《しょうよう》として受け容れるのは、もっと年を取ってからでもできる。今はまだ、とことん抗《あらが》っていいんだ〉

〈しょせん、負け犬の言い草だから、取るに足りないと思ったら、忘れてくれていい。でも、負け犬にしか言えないことだって、あるとは思わないかい？〉

愛妻家で心弱かった小柄なおじさんが、渾身《こんしん》の想いで贈ってくれた別れの言葉は、今でも耳の底に残っていて時折僕を打つ。僕はあれから、人生をねじふせ、運命に抗いきることができたんだろうか。佐藤さんはああ言ったけれど、もしかするとその戦いは、生きている限り続けていかなくてはいけない試練のようなものじゃないんだろうか。僕だけじゃなく、誰もが等しく……。

駐車場に停《と》めてある秀人さんのジープのところまで行くと、アレックスは僕らに向かって後部座席に乗れと顎《あご》をしゃくり、自分は運転席に乗り込んだ。

「マリアが一緒に来たいって言ったんだけどね。すぐ会えるんだからいいでしょ、って置いてきた」

「そりゃそうだよ。マリアだって準備とかあって忙しいだろ？」

「知らないけど、彼女を乗せるとガソリンよけいに食うんだもん」

「こら。そういうことを言わない」

毒舌は相変わらずだ。かれんと目を見合わせて、思わず笑ってしまう。

「みんな元気かな？　ヨーコさんやラルフも」

「変わんないわよ。あそこは百年たったって変わんない」

埃《ほこり》だらけのジープは、一本きりしかない道をユララ・リゾートの方角へと走りだした。

建物の外にほぼ必ず、舟の帆のような白い日よけがあって濃い影を作っている様子も、木々と建物群の向こうに巨大な赤い岩山がどっしりと横たわっている光景も、涙が出るほど懐かしい。ここを離れてからまだ一年しかたっていないなんて信じられない。

「こんな景色だったのねえ」

かれんがしみじみと言った。

「前に来た時もさんざん見たろ」

「そうなんだけど、自分で思う以上に余裕がなかったのかな。初めて見るような感じがする」

しばらくするとジープはようやく道を曲がり、ウルルの台地を背にして東へ向かい始めた。観光客向けのリゾートを離れ、ひたすら赤い荒野の中を走ってゆく。

ダイアンを助手席に乗せて走った道だった。酔っぱらってマリアを殴ったリッキーに、もう一度酒を断つように説得するため、アボリジニの村へと向かった時だ。説得はもちろん失敗し、やがてあの事件が起こった。

「いま思っても、よくもまあ助かったわよねえ」

似たようなことを考えていたらしく、アレックスがバックミラーの中からニヤニヤ笑いかけてくる。

「村の小学校から救急車で運ばれて、セスナに乗せられてさ。ねえ、覚えてる？」

「覚えてるわけないだろ、気絶してたんだぞ」

「ううん、そうじゃなくて。ほら、前にアリスまで行った時のことよ。ヒデを待ってる間、やたらと広い芝生の広場で時間を潰《つぶ》したじゃない。あの時に車を停めたのが、フライング・ドクターの無線基地を兼ねた……」

「ああ、あの見学施設の駐車場か」

「そう。あの時は、まるで空軍みたいなエンブレムなんか見てもただ〈へーえ〉って感じだったけど、イズミの乗せられたセスナも、考えてみればあそこの無線で手配されたんだと思ったら……」

「なおさら〈へーえ〉って感じだな」

笑いながら、僕は隣のかれんを見やった。彼女もにこにこしながら目を丸くして、僕に頷き返す。聞き取りに関しては、この国で暮らし始めた頃の僕よりよっぽどまともだし、同時にアレックスのほうもさっきからシンプルな言いまわしを選んでくれているようだ。何だかくすぐったいような心地がして、僕は言った。

「きみこそ、覚えてる？」

「なに？」

「あの時、きみがキャロル・キングの『So Far Away』を歌ってくれてさ。そのあと、ギターコードを書きつけてた紙が、風で飛んでったろ。帽子と一緒に」

ふっと口をつぐんだアレックスが、不思議な感じの間の後で、

「そんなことあったっけ」

と言った。

「なんだよ、忘れちゃったのかよ。俺、あの時作った曲がどんなのか、まだ聴かせてもらってないのにさ」

がっかりしながら言うと、

「嘘《うそ》よ、覚えてるにきまってるでしょ」

アレックスはくすりと笑った。

「イズミってつくづくラッキーな男よね」

「え?」

「ちょうど、あとで歌おうと思ってたとこよ」

道がだんだん凸凹《でこぼこ》になってくる。今はマリアがひとりで住んでいるファレル家の前を通り過ぎ、小さな集落に入っていったジープは、小学校の駐車場でようやく停まった。

小学校の建物はあの日と少しも変わらなかった。今日もオーストラリア国旗とアボリジニの旗の両方が掲げられている。上半分が黒、下半分が赤、真ん中に大きな黄色い丸。アボリジニの人々と、民族の流した血と、そして母なる太陽を表すその旗が風にはためくのを見上げながら、駐車場を横切って小学校の裏手へ回ると、そこに小さな教会があった。

入口の階段を上るより前から、ダイアンの声が聞こえてきた。

「んもう、ヒデったら、だから何度も訊いたじゃない。そのたびに、あなたが大丈夫だって言うから！」

僕らは顔を見合わせた。なかなかのおかんむりだ。

「ちょっとちょっと何、どうしたのよ」

アレックスが入っていくと、ダイアンはキッと妹に向き直って何か言おうとした。その目が、僕らに気づいたとたん、見ひらかれる。

「イズミ！　カレン！　本当に来てくれたのね！」

まろやかな肩も露《あら》わなウェディングドレスの裾《すそ》をたくし上げてこちらへ走ってくると、ダイアンは僕ら二人に腕を回してぎゅうっと抱きしめた。

「おめでとうございます、ダイアン」

かれんが心からの言葉を贈る。

「なんて綺麗《きれい》なんでしょう。ドレスもクラシックで素敵！」

褒《ほ》められたダイアンは、

「ありがとう。これ、私の大好きだった祖母がお嫁入りの時に着たものなのよ」

とても誇らしげに微笑んだ。

「カレン、あなたも、それにイズミも素敵よ。嬉しいわ、私たちのためにおしゃれしてきてくれたのね」

その通りだった。かれんは水色のシフォン地の柔らかなワンピース。僕はブラックデニムの上に、持っている中でいちばん上等なシャツとジャケット。長旅の間はさすがにしわくちゃになるので、シドニーの空港で乗り換え便を待つ間に、かわるがわる荷物を見張りながら着替えたのだった。

「すまんなあ、こんな遠くまで」

そばへ来たタキシード姿の秀人さんが、あご鬚《ひげ》をぽりぽりと掻《か》きながら言った。馬子《まご》にも衣装とは本当らしく、とうていいつもの秀人さんには見えない。高級カジノから不心得者をつまみ出すマフィアみたいに見える。

「おめでとう、二人とも」

僕は、かなり照れくさい思いで言った。

「アレックスから聞いた時はほんとにびっくりしたよ」

「そうよ。イズミったら、あたしのこと嘘つき呼ばわりしたんだからね」

と、アレックスが告げ口をする。

嘘つきとまでは言ってない。てっきり冗談だと思っただけだ。三ヶ月前、僕が早朝の『風見鶏』にいた時かかってきたあの電話は、秀人さんとダイアンが結婚することになったという報《しら》せだった。

キャサリンへ戻ってしまうかもしれなかったダイアンがウルルにとどまると決めたことで、秀人さんは今の研究所をやはり何とか残したいと思うようになったようだ。人手は絶望的に足りないものの、アルバイトとして雇ったマリアの元教え子を指導しながら力を合わせるうちに、いったい何が直接のきっかけだったかは知らないが、要するにそういう関係になった。というか、さすがの秀人さんもとうとう、ダイアンの大きな愛に気づくに至ったということなんだと思う。

晴れて恋人同士になっただけじゃなく、いきなり結婚と聞いた時はつい、

（もしかしておめでた……？）

などと失礼かつ余計な気を回してしまったが、そういうことではないのだった。

〈ヒデってば、自分がダイアンにとってほとんど初めて付き合う男だってわかったとたん、ばかみたいに感激しちゃってね。どうしても結婚するって言い出して〉

電話の向こうのアレックスはぷりぷりしていた。

〈何なの、あれって。日本の男ってみんな、経験の少ない女が好きなわけ？〉

そうだ、とも、違う、とも迂闊《うかつ》に言えず、

〈いやあ、秀人さんってああ見えて、ものすごいロマンチストだから〉

苦し紛《まぎ》れに僕は言った。

〈よっぽど運命的なものを感じたんじゃないかな。これだけ付き合いの長い二人がお互い恋人のいないまま生きてきて、今ごろになって真実の愛が芽生えたなんてさ〉

我ながら歯の浮くような答えだったが、案外当たっていたのかもしれないと今では思う。

誰よりしっかり者のダイアンが、じつは男に対して強い恐怖心を持っていることくらい、あれだけそばにいた秀人さんが気づかないわけはない。理由についても、たとえ本人が打ち明けなくたっておおかたの見当はつくだろう。

そのダイアンが、秀人さんに対してだけはあれほど心を開いている。仕事の面でもプライベートでも親身になって支え、必要な時には正面から意見を戦わせ、決して替えのきかない信頼関係を築き上げてきたのだ。

いつかの焚《た》き火《び》の夜に秀人さんが、

〈ここに残れよ、ダイアン〉

〈わがままを承知で言うけど、俺にはきみが必要なんだよ〉

——I need you.

はっきりそう言いきった時、すでに答えは出ていたのかもしれない。その言葉の持つ深い意味に気づいていなかったのは本人たちだけで、ほんとうは二人とも、もうとっくに愛し合っていたんじゃないだろうか。

「まあその、何というか、あれだ」

照れ隠しか、明後日の方角を見ながら秀人さんは言った。

「こうなったからにはやっぱりこう、かたちの上でもきちんとしなきゃいけないと思ってさ」

「べつに、私は結婚なんてしなくてもよかったのよ。どうせそばにいるんだから、どっちだっておんなじでしょって言ったの。なのにヒデが、どうしても式を挙げるって言い張るから」

ダイアンがさばさばと、それでもやはり嬉しそうに説明してくれる。

「ほんと、はるばる呼びつけたりしてごめんね。でも、イズミとカレンの二人にはどうしても立ち会ってもらいたかったの。ほんとはヒデの家族にも来てもらえたらよかったんだけど……」

「大丈夫だよ。ダイアンの気持ちは充分伝わってるから」

と、僕は言った。

「みんなも来たがってたけど、さすがに今回ばっかりはね」

ほんとうは来るはずだったのだ、森下一家も。裕恵さんと森下さんはもとより、おじいちゃんなんか、生まれて初めての海外旅行が冥土《めいど》の土産《みやげ》にぴったりだとかブラックなことを言って張りきっていた。

ところが半月ほど前、家の中のちょっとした段差につまずいて転び、足の甲を骨折してしまった。裕恵さんは、自分がついているからせめて森下さんだけでもと言ったが、歩けない老人の介助はそうとうな力仕事で、結局、僕とかれんが日本勢代表として出席することになったのだった。

「ちょっと落ち着いたら、ダイアンと二人で顔を見せに帰るさ」

「うん、それがいいよ」僕は言った。「おじいちゃんからも伝言預かってきたんだけど」

「何て言ってた」

「『間に合ううちに帰れ』って」

「何だよそりゃ。自分の寿命が人質かよ」

まったくあの親父《おやじ》はもう、と苦笑しながらも、秀人さんは頷いた。

「わかった、そうするよ。ありがとう」

「ねえ、それで？」

と、横からアレックスが割って入る。

「さっきの気の早い夫婦げんかは何だったわけ？」

「そう、それよ！」

とダイアンが思い出したように眉をつり上げた。

「信じられる？　ヒデったら今ごろ、タキシードに合う靴がないって言うのよ」

僕ら全員が、秀人さんの足もとを見おろした。せっかくの正装なのに、いつもと同じ埃まみれで傷だらけのワークブーツだ。

「どういうこと？　靴も一緒に借りてくるはずだったんじゃないの？」

アレックスに詰め寄られて、秀人さんの眉がハの字になる。

「や、それが……」

「そうでしょ、その予定だったでしょ？　なのに、靴は自前のがあるからって服だけ借りてきたんですって。さんざん偉そうに威張ってたのよ、この人。いつか誰かの結婚式か葬式にでも出席することがあるかもしれないから、靴だけは日本からちゃんとしたのを持ってきてあるんだ、って。その靴を、いざ磨くべく箱から出してみたのがなんと今朝よ。前に履いたときから十年もたって、これだけ体型が変わったら足のサイズも変わるって、ふつうは予想がつくと思わない？　思うでしょ？」

「いや、ほんっとごめん。ほんっとすまん」

マフィアがちっちゃくなる。

僕は思わずふき出してしまった。

「気持ちはわかるけど、許してあげたらどうですか、ダイアン。こういうとこ、めちゃめちゃ秀人さんらしくて俺は大好きなんだけど」

「ふん、言われなくたってわかってるわよ」

ぷいっとダイアンが横を向いた。

「これはこれでキュートでチャーミングで、だからよけいに腹が立つのよ！」

鼻のあたまに皺《しわ》を寄せたダイアンの頰《ほお》が、ふんわり紅潮している。もしかすると今日のこの日に秀人さんに嚙《か》みつくのも、彼女特有の愛情表現なのかもしれなかった。

他の列席者はどこにいるのだろうと思っていたら、まもなく小学校のほうからマリアとヨーコさんが生徒たちを連れてやってきた。ラルフは撮影係を仰せつかったらしい。任せておけとばかりにデジタル一眼レフを首からかけている。

生徒たちはみんな僕を覚えていてくれて、マリアが「おとなしく前を向いてなさい！」と言うのに、かわるがわるふり向いてはこっちに手をふったりする。

やがて奥から壮年の牧師が現れて、式が始まった。カセットデッキから流れるオルガンの演奏に合わせ、父親代わりの校長先生と腕を組んだダイアンが、ヴァージンロードをしずしずと進んでゆく。

長く引きずったヴェールの後ろから指環《ゆびわ》を捧《ささ》げ持ってついていく少年少女のうち、女の子のほうは見たことがあるなと思ったら、黒い縮れ毛のローラだった。

その笑顔に少しの陰りも見えないことに、僕はほっとした。これから先、たとえ一生にわたってこの左肩の古傷が痛んだとしても、彼女の未来と引き換えだったと思えばおつりが来るほどだ。

生徒たちの中には、漆黒《しっこく》の肌を持つ子ばかりでなく、褐色かそれ以上に薄い肌色の子もいる。牧師自身がそうだった。それだけ白人との混血が進んでいて、今ではアボリジニの中にも、彼ら独自の宗教を離れてキリスト教を信仰する人々が大勢いる。

けれど今、子どもたちが声を合わせて歌う賛美歌は、宗教の垣根なんか軽々と越えて、ダイアンと秀人さんへの純粋な祝福に満ちていた。彼らにとっては、神様よりも大好きな二人なのだ。

「新郎、ヒデト・モリシタ」

首から十字架をかけた牧師が声を張る。

「汝《なんじ》はダイアン・ジョンストンを妻とし、健やかなる時も病める時も、喜びの時も悲しみの時も、富める時も貧しき時も、妻を愛し、敬《うやま》い、慰め、ともに助け合い、その命ある限り真心を尽くすことを誓いますか？」

「――はい、誓います」

Yes, I do. と、秀人さんの朗々とした声が響く。

「では、新婦、ダイアン・ジョンストン。汝はヒデト・モリシタを夫とし、」

「誓います！」

と、新婦が大声で言った。

皆がざわめく中、

「ちょっと、ダイアン？」

マリアが慌てて親友を止めようとしたが、

「いいの、自分の口から言いたいの」

ダイアンは身体ごと横を向き、ヴェール越しに秀人さんを見上げた。

「私、ダイアン・ジョンストンは、ヒデト・モリシタ、あなたを我が夫とし、たとえこの先どんな困難があろうとも、一生を賭けて全身全霊であなたを愛し続けることを、今ここで、神様と今日集まってくれたみんなに約束します。誓うかどうかって？　ええ、もちろんよ、誓いますとも！」

Of course, I do！

高らかに彼女が言い放ったとたん、参列した全員がやんやの喝采《かっさい》を送った。子どもたちが飛び跳ねて歓声を上げ、牧師までが咎《とが》めるどころか嬉しそうに大笑いしながら拍手している。

僕は思わず、隣に立つかれんの手を探して握った。同じだけの力で、彼女が握り返してくる。横目で見やると、かれんは目に涙をいっぱい溜《た》めていた。

新郎が、もうたまらないというように新婦を抱き寄せ、ヴェールを上げてキスをする。ひときわ小柄なダイアンは、秀人さんが埃まみれのワークブーツなのをいいことに、その分厚いつま先のところを踏み台のようにして伸び上がり、彼の首っ玉にぶらさがっている。

なんて幸せな光景なんだろう。愛し合う人たちが互いを想う気持ちというのは、こんなにも周りを眩しく照らしてくれるものなのか。

でもきっと、今こうしてあの二人の幸福を心の底から願うことができるのは、僕自身が満ち足りているからだ。卑屈になって誰かを羨《うらや》んだり、世界一可哀想《かわいそう》な自分のことを憐《あわ》れんだりしなくても済んでいるからだ。

願わくば、ずっとこういうふうでありたい。自分の機嫌は自分で取れるくらいの靭《つよ》さが欲しい。心の状態が健やかに保たれていない限り、大切な人たちの幸福をまっすぐに願うこともできなくなってしまうのだから。

式が終わった後、みんなと一緒に研究所へ戻った秀人さんとダイアンは、まずアナング族の長老たちのところを回って結婚の報告をした。そうして祝福をたっぷり受けて帰ってくると、夕刻からはいよいよ二次会の始まりだった。

ユララのリゾートで働いている人たちも、話を聞きつけては立ち寄って「おめでとう」を言っていく。一つしかないスーパーで買ってきたビールやチップスなんかを差し入れてくれる人もいる。

陽が落ちて気温の下がってゆく中、みんな毛布にくるまったりジャケットを着込んだりして、それでも帰ろうとする者はいない。焚き火に薪《まき》がくべられるばかりだ。

一度、ヨーコさんが僕のそばへ来て、例によってにこにこしながら言った。

「例の件、考えてみてくれました？」

はい、と僕は頷いた。

「どうですかー？　ラルフも私も、イズミくんが加わってくれるなら、鬼に金棒ってくらいの気持ちなんですよう。今度のところは、今までと違って日本の会社だからバックアップもしっかりしてるし、イズミくんの考えてる将来設計にもきっとプラスになるんじゃないかなって」

マスターの助言に従って、僕はこの先のことを、メールでヨーコさんに相談していた。ウルルでツアーを行っている日本資本の旅行会社に伝手《つて》はないだろうか、もし誰か知り合いでもいたら紹介してもらえないだろうか、と。

ヨーコさんは最初、少し時間を下さいと言った。あの感じではきっと脈無しなんだろうなと思いながら待っていると、一週間くらいたって連絡があった。

なんとヨーコさんは、同僚のラルフ（正確に言い直すならば、僕らの誰一人として知らないうちに娘のいるヨーコさんの二度目の夫となっていたラルフ）とともに、今現在勤めているツアー会社を辞め、別の旅行会社に移ると言うのだった。引き抜きの話自体は以前からあって、給料も良くなるらしい。スタッフはこれまでと同じくらい少人数だけれど、母体は誰でも知っているしっかりした日本の会社だし、過去にはシドニーで採用された日本人スタッフが帰国してから本社に勤めた例がある。そして現地での採用は、こちらのスタッフに一任されている。

「もちろん、無理には誘えないけど、真剣に考えてくれたらすごく嬉しいですー」

「や、それ逆でしょう」

と、僕は言った。

「嬉しいのはこっちですよ。どうかよろしくお願いします」

「ほんとに？　うわあ、よかった！　ラルフも大喜びしますよう」

「こんな願ってもない話はないです。本当にありがとうございます」

「いぃえー、こちらこそ」

隣で僕らのやり取りを聞きながら、かれんは黙って微笑んでいた。『風見鶏』でマスターからもらった助言については、すでに彼女に話してあった。

初めて打ち明ける時は、また離ればなれになるなんて嫌だと言われるんじゃないかとか、何も言われなかったら言われなかったでそれも寂しいなどと心乱れたものだけれど、いざ話してみると、かれんは拍子抜けするくらい落ち着いていた。

〈もしかしてそうしたいんじゃないかなって、何となく感じてたから〉

と彼女は言った。

〈そりゃ、寂しくないって言ったら嘘になるけど、前までとは全然違うと思うの。お互い連絡も取れるし、どうしても顔が見たくなったら会いに行くことだってできるし、何より今度は、いつか帰ってきてくれるってわかってるから安心してられるもの。そうでしょう？〉

そんなわけで僕は、九月に大学を無事卒業できたならこちらへ来て、ヨーコさんたちと同じツアー会社で添乗員の仕事をすることになりそうだった。親父や佐恵子おばさんたちがみんな、かれんと同じことを言って納得してくれるのが何とも面映《おもは》ゆかった。

〈アパートの部屋はそのまま残しておくから、帰りたくなったらいつでも帰ってくるといいわよ〉

と裕恵さんは言った。

〈べつに、和泉くんのためじゃないから。もともと秀人さんのための部屋なんだし、おじいちゃんの気が済むようにしてるだけだから気にしないで〉

裕恵さんらしい、ちょっと乱暴な優しさだった。

アレックスの爪弾《つまび》く陽気なギターに合わせて、ラルフとヨーコさんがフォークダンスみたいに両手をつないで踊っている。マリアが巨体を揺らして達者なステップを踏む。

かれんに、教えてやるから真似《まね》してみな、と言ったくせに、その出来を眺めては手を叩《たた》いて大笑いするのもマリアだった。救いがたいほど下手《へた》くそな生徒だから仕方がない。当のかれんまでがお腹を抱えて笑い転げている。秀人さんはと見ると、向こうのほうでユララのホテルスタッフと缶ビール片手に立ち話をしていた。

「今、マリアはね」

ドレスからいつもの服に着替えたダイアンが、僕の左隣の木箱に座った。

焚き火越しに親友のほうを眺めやりながら、

「月に一度、リッキーの面会に行ってるの」

僕にだけ聞こえるくらいの小さな声で言う。

「今のところリッキーは、まだ不安定っていうか、調子のいい時と悪い時があるらしくて。でも、強制的にではあるにせよ、アルコールを断ってから一年と三ヶ月でしょ。仮釈放はないかもしれないけど、刑を終える頃にはなんとか本来の彼に戻っててくれるといいんだけど……」

「マリアは、彼を待ってるつもりなんですか」

「どうかしら。でも、たぶんね」

ダイアンがこちらを向く。鳶色《とびいろ》の虹彩《こうさい》が焚き火の炎を映している。

「イズミは、反対？」

まさか、と僕は答えた。

「反対なんて、できるわけないですよ」

「どうして？　あなたを死ぬほどの目に遭わせた男よ？」

「そうですけど、素面《しらふ》じゃなかったわけだし」

「つまり、『罪を憎んで人を憎まず』みたいなこと？」

「っていうか……おんなじだからです」

「ん？」

「俺が今こうしてられるのだって、あなたや秀人さんをはじめ、信じて待っててくれる人たちがいてくれたおかげだからです」

ダイアンは、黙って微笑むと、僕の背中をぽんぽんと優しく叩いてよこした。

そこへ、踊り疲れたかれんが、ふらふらとよろけながら戻ってきた。

「もう駄目」

息を切らして、ダイアンとは反対隣の木箱に座る。

「もう無理。マリアさんてば、タフ過ぎる」

「あのひとと張り合おうってのが無茶なんだよ」

「だって、」

楽しいんだもの、と彼女は言った。

ヨーコさんお手製のフルーツたっぷりのサングリアに、氷をたくさん入れてソーダで薄めて飲んだだけなのに、もう目もとや耳たぶまで赤い。

でも僕は、ほっとしていた。かれんがこんなに無邪気に笑うのを見るのは、おばあちゃんを亡くして以来、久しぶりかもしれない。

「あんまり酔っぱらうなよ」

わざと言ってやる。

「こんなとこで服をぽいぽい脱ぎ始めたら、他人のふりするぞ」

「んもう！　どんだけ昔の話よ、それ」

ますます真っ赤になったかれんが、両手で僕を押す。

と、ぴこん、と彼女のポケットの中で音がした。アプリを入れておけば、こちらでもふつうにLINEが使えるのだ。

スマホを取り出して開いたかれんの顔が、下からふんわり柔らかく照らし出され

る。真顔でまじまじと画面に見入っている彼女に、どうかしたのかと訊こうとした時、

「イズミ！」

二つとないハスキーヴォイスが僕を呼んだ。

焚き火の向こう側、アレックスがギターを肩からかけたまま立ち上がったところだった。

「あの時の曲。歌うから聴いてて」

「お、おう」

マリアも、ヨーコさんやラルフも、ぴたりと踊るのをやめて彼女を見ている。秀人さんが戻ってきて、ダイアンの向こう隣に腰を下ろす。

ポロン、ポロン、といくつかのコードを爪弾《つまび》いたアレックスは、彼女にはめずらしく照れくさそうに顔を伏せ、上目遣いにちらりと新郎新婦と、ついでに僕らのほうを見て言った。

「今宵《こよい》、幸せボケしているすべての恋人たちに贈ります」

すっと吸い込んだ息をただ吐くかのように歌いだす。ゆったりとしたバラードだ。

Wise men say
only fools rush in
But I can't help
falling in love with you

世界中の誰もが知っているメロディ。これはあの曲じゃないか、と思ったとたん、アレックスの指が一閃《いっせん》し、ギターを激しくかき鳴らし始めた。曲調ががらりと変わる。十二本の弦が複雑に入り組んだコードと旋律を奏でる。ラヴソングなのは確かだけれど、よく聴けばあまりにもせつない歌だった。逢えない相手に焦がれ、心だけでも届けるために身体を脱ぎ捨てて虹色の鳥になってしまうのは、男だろうか、女だろうか。アレックスの中性的な声で歌われるとどちらとも受け取れるし、どちらでもないようにさえ思えてくる。

垣根の外、幼い子どもの声がする
「ママ、赤いお花が咲いたよ」

歌詞が僕の胸に刺さり、記憶が鮮やかによみがえって全身に鳥肌が立つ。あの時、緑の芝生に寝転がりながら、アレックスも同じ小さな出来事に心動かされていた。僕はまさしく、無から歌が生まれる瞬間に立ち会っていたのだ。

賢者たちは言う
愚か者は事を急ぐものだと
だけど僕はどうしてもきみを
好きにならずにいられないんだ

サビの部分にエルヴィスの名曲の一部が織り込まれてリフレインされ、なのに全体はまったく別の曲になっているのが見事だった。

怪我をしたアレックスの指は、元通り動くようになったのだろうか。僕程度の耳では違いなんてわからないけれど、たとえ不完全だったとしても、彼女がこうして人前で歌えるのなら問題は何もない。

ギターのリフが何度も何度もくり返される。ずっと聴いていたいくらい癖になるそれが、小節の途中でふっと途切れる。

それでおしまいだった。終わり方までアレックスらしかった。

僕らの渾身の拍手に、口もとだけでニコリと愛想なく応《こた》えて、彼女は腰を下ろした。アンコール！　と叫ぶラルフのほうへ面倒くさそうに手をふりやり、エルヴィスの他の曲を適当に爪弾いたりしている。

かれんが隣で、ふーーーっと長い息をついた。

「すごかったねえ」

「……うん」

目を見合わせて、微笑み合う。

「ねえ、ショーリ」

「うん？」

「ちょっと、いい？」

「ああ。どした？」

彼女が黙って小さく手招きなんかするので、僕は立ち上がり、一緒に焚き火のそばから離れた。

外灯なんて気の利いたものは、みんなの集まっている広場にしかない。宿舎の裏手へ回ってしまえば、見えるのは真っ黒な夜の闇そのものと、ほかは頭上にひろがる満天の星だけだ。

　夜空を仰いだかれんが、魂の抜けていくような声をもらした。

「す、ご……！　何これ。鴨川の山奥よりずっとすごい」

「だろ。まあ、そもそも地上の灯りの数が違うもんなあ」

　かれんは、僕に目を戻した。暗がりに慣れてきたのと星明かりのおかげで、互いの顔のありかぐらいはうっすらと見える。

「ショーリ、あの頃もずっとこんな星空を見てたの？」

「まあ、うん」

「毎晩、ひとりで？」

「……うん」

「そう」

　ささやくように、かれんは言った。

「それじゃ、寂しかったよね」

　胸を衝《つ》かれた。

　あまりにもシンプルな言葉が、今ごろになって真実を言い当てる。

　口をひらけば声が震えてしまいそうで黙っていると、かれんがごそごそとポケットをまさぐり、またスマホを取り出した。

「さっきのあれね。マスターからだったの」

僕は、念のため深呼吸をしてから言った。

「へえ」

ふつうの声が出せてほっとする。

「何だって？　心配してた？　こっちのこと」

「ううん。……報告」

「ふうん。どんな」

かれんは答えず、画面にタッチしてそのやり取りを表示させると、僕に向かって差し出した。

「何。読んでいいの」

こくん、と彼女が頷く。

受け取って、僕は明るい画面に目を落とした。

いきなり、〈由里子〉〈病院〉という単語が飛び込んできてぎょっとなった。気が焦るせいで、フキダシみたいな囲みの中に書かれていることが頭に入って来ない。つるつると目が滑り、何度も同じところを読んでしまう。何度か目を瞬《しばたた》き、ようやく読み取ることができたのは、いちばん最後の一言だった。

〈勝利のやつに知らせてやってくれ〉

口の中がからからに渇く。息が浅くなる。

何なのだろう、これは。鼻の奥が痛いほど痺《しび》れて――。

「ショーリ？」

かれんの声が耳に届いたとたん、僕は、スマホを取り落とし、崩れ落ちるように土の上に膝をついていた。

「ショーリ！」

かれんも慌ててしゃがみこみ、僕の背中に手をあてる。

「だいじょうぶ？」

ぜんぜん、まったく、大丈夫なんかじゃなかった。両手をつき、顔を伏せて、ただ嗚咽《おえつ》することしかできない。

「今まで黙っててごめんね」

かれんの声もみるみる濡れてゆく。

「由里子さんから……た、頼まれてたの。安定期に入るまで、勝利くんにはまだ話さないでおいて、って」

きれぎれの細い声だ。

「ほ……ほんとだったらいちばんに伝えたいひとだけど、これでもし……もしも途中で何かあったら、かえって傷つけてしまうだろうから、って」

手を伸ばし、落っことしたかれんのスマホを拾い上げた。泥を払い、冷たい地面にぺたんと正座をして、もう一度マスターからの文面を追う。薄い膜が張っているようで何も見えない。袖《そで》で目を拭《ぬぐ》い、読む。

〈病院〉とあったのは、由里子さんが今日行った検診のことだった。

妊娠十八週。もう大丈夫だろう。
医者からもとりあえずお墨付きをもらった。
折を見てお前から、
勝利のやつに知らせてやってくれ。

「ショーリ……」

寄り添うようにそばにしゃがんだ彼女が、僕の背中をさする。信じられないくらい温かな手の感触に、これまた信じられないくらい大量の涙が溢《あふ》れてくる。

〈ゆうべはちょっと、慌てて帰ったもんでな〉

四月のあの朝、マスターがそう言ったのはもしかして、由里子さんの妊娠がわかったのがあの時だったからなのかも……。

「ショーリ、お願い、こっち向いて」

暗がりがこんなにありがたく思えたことはない。僕は嗚咽をこらえて顔を上げ、かれんを見つめようとして、はっとなった。

彼女の白い頰が、ぐしょぐしょに濡れて星明かりに光って見える。ということはこっちの顔も、と思うより早く、彼女が両手を広げて僕に抱きついてきた。

いや、どうだろう、わからない。僕を抱きしめてくれたつもりかもしれない。

「ショーリ」

「うん」

「ショーリぃ……」

「うん」

「ショー……」

ゔう、ゔゔゔ、と、濁点《だくてん》のついた声を押し殺して、かれんが泣きじゃくる。今のこの想いに、僕の涙だけではとうてい追いつかないぶんを、まるで加勢して泣いてくれているかのようだ。

頬を、彼女の頬に押し当てる。

「つっ……べてぇ」

どっちの涙も冷えきって凍りそうだ。慌てて顔を離し、てのひらで彼女の涙を拭ってやる。

「あ、やべ」

「なに?」

「泥が」

昼間なら赤いはずの泥が涙に溶けて、黒いペンキをなすりつけたように見える。

ごめんごめん、と謝りながら袖で拭《ふ》くと、かれんの泣き顔がへなっと歪み、福笑いのおかめみたいなできそこないの笑顔になった。

「風邪、ひいちゃうよ」

洟《はな》をすり上げたかれんが、僕の手を取って立たせようとする。僕らはお互いにつかまってぎくしゃくと立ち上がり、相手の膝下の泥を払い落とした。

これで、喪《うしな》ったものが戻ってくるわけじゃない。傷つけた事実が消えるわけじゃない。

でも、今ここで流した涙の中に、後悔の苦い味がするものは一滴もなかった。身体の奥底に溜まっていた澱《おり》のようなものが流れ出し、あまりの安堵に関節の蝶番《ちょうつがい》が全部ゆるんで、立っているのもやっとだ。

こんなよれよれの状態で、というかこんなひどい顔で、みんなのいる焚き火のそばへ戻るのはとうてい無理だ。今夜だけは見逃してもらおう。僕らが二人して消えたところで、わざわざ探すような野暮なやつはいまい。

「ねえ、ショーリ」

「うん？」

両側から寄りかかり合うようにして宿舎へ向かいながら、かれんがささやく。

「──嬉しい？」

「……なんでそう当たり前のこと訊くかな」

ふふ、と笑う気配がする。

「私も」

「え」

「私も、嬉しい」

身体の奥底からせり上がってきたのは、もはや涙ではなく、ただただこの女《ひと》が愛《いと》しいという爆発するような想いだった。

宿舎の部屋に入るなり、灯りもつけずにかれんを抱き寄せ、今度こそ自分から腕を回して思いきり抱きしめる。暗過ぎて、あるいは近過ぎて見えない唇のありかをまさぐり、探しあて、急《せ》くように重ねる。キスの入口は冷たいのに、中は溶岩みたいに熱くて、息を乱しながら深く絡め合っていたら想いが尖りきってつらい。触れていないところなんか一切なくなるくらい、自分の全部で彼女に触れたい。

「なあ」

「ん……」

「シャワー、後でもいい？」

「…………」

答えが返ってこないのは了承のサインと受け取って、いきなり膝の後ろをすくうようにして抱き上げたら、ひゃ、とかれんが変な声をあげた。あまりの可愛さに、ぷ、とふき出したら、頭をぽかすか叩かれたが、痛くも何ともない。かまわず寝室へ運ぶ。

さっき教会から戻ってきた時に置いたトランクや何かに蹴つまずかないよう気をつけながら、彼女をそっと下ろして横たえ、水色のワンピースを脱がしてゆく。僕が去年まで使っていたこの部屋に、ベッドを二つ入れて寝具まで整えておいてくれたのは、たぶんラルフとヨーコさんだろう。清潔なシーツと毛布はありがたいけれど、ベッドは一つしか使わなくて済みそうだ。

窓ごしの星明かりに、部屋の中の白いものたちがほんのり浮かびあがる。シーツや枕カバーも、そしてかれんの顔や身体も。

もう一度、立って交わすよりも深いキスをすると、かれんは震えるような吐息をもらした。冷えきっていた互いの身体が、すぐに熱くなる。どうせ何も考えてなんかいないかれんが、つながると同時に僕の腰に脚を絡めてくるものだから、もともとない余裕がますますなくなる。

「どう、しよ……」

彼女が呟く。

なんて切ない顔をするんだろう。

「どうしようって、何が」

「私、こ……んなに……」

ふっ、ふっ、と息を乱した後で、かれんは目を開け、間近に僕を見上げてきた。

「こん、なに……ショーリのことが好……っ」

危うく持っていかれるところだった。息を詰め、どうにかやり過ごす。

「……お前ねえ」

煽《あお》るなよ、と咎めようとして、僕は思わずまた笑ってしまった。

煽っているつもりなんか彼女には欠片《かけら》もない。言うことも、することも、全部天然なのだ。毛布の中に潜り込み、もっと僕を好きになってもらうためにあれもこれも試してみる。

そうして抱き合っている間、外からは時折、かすかにギターの旋律が聞こえてきた。ダイアンが何か言い、秀人さんが茶々を入れ、マリアが豪快に笑う声も。

やがて僕らは、結び目のようにきつく絡み合っていた手脚を一旦ほどき、改めてゆったりと組み合わせて横たわった。仄白いうなじにキスを落とす。まるで猫が甘えるように、彼女が僕の顎の下に額を押しつける。

どれほどの距離、どれだけの時間、離ればなれになろうと、お互い以外あり得ないってことはもう骨身にしみてわかっている。だから、怖くない。それこそ賢《さか》しらぶった誰かから愚か者と笑われようが、僕は何度だって彼女を好きにならずにはいられないのだ。

「かれん」

聞こえるか聞こえないかのささやき声で呼んでみる。

首をめぐらせたかれんが、なあに、と眠い目で問うてくる。

「待っててくれよな」

またしても福笑いの顔になった彼女が、こっくり頷く。

「私のことも……待っててくれる？」

もちろん、と僕は言った。

再び目をつぶり、背中を僕の胸に押し当てたかれんが、何を思い出したか、ふふ、と幸せそうな笑みを浮かべた。

「今日のダイアン、かっこよかったなあ……」

すう、とすぐあとに寝息が続いた。


いつのまにか外のみんなも、それぞれ自分のねぐらに戻ったようだ。物音や人の声はもう聞こえないのに、耳の底にアレックスの歌声だけがまるで子守歌みたいに小さく響いている。

いい結婚式だった。ダイアンと秀人さんなら、研究者としても夫婦としても互いに最高のパートナーとなるに違いない。みんなの笑顔や気の置けない仲間同士の会話、そしてさっきの何より凄《すご》い報せを改めて思い起こし、僕は今日一日の幸福をしみじみと噛みしめた。

毛布の下で、愛するひとの手をそっと握りしめる。

一度はその手を放してしまいそうになったからこそ、二度と失いたくない恋人。万が一の時には、何度でもこの身体を張って守ってやりたい唯一のひと。

〈俺は、あきらめないぞ〉

ふいにマスターの低い声が甦《よみがえ》る。

〈俺も、由里子も、お前をあきらめたりしない。かれんをあきらめたりしない。鴨川のばあちゃんを引き取ったり、花村家のひとたちと行き来したり、いつかそこにまた、どんなかたちででも家族が増えていったり……〉

またしても鼻の奥がじんじん痺れてきて、僕は、今度は独《ひと》り、大きな波が通り過ぎてゆくのをこらえた。さっきより、だいぶ長くかかった。

もうじき、由里子さんが赤ん坊を腕に抱いているところを見られるのか。その時、泣かずにいられる自信なんて、僕にはない。いいかげんにしろ、とマスターにどやされる自分が今から目に見えるようだ。

少し前だったら手に入るとは思えなかったもの。いつか実現する時がくるなんて信じられなかったこと。永遠に損なわれたままになるかもしれなかった大切な時間。後になってようやくそれとわかる特別な偶然、運命、あるいは希望……。

何か大きな、おおきな力に守られているのを感じる。まるで、かれんと見上げた夜空のような無限の広がりに。

どれほど遠く、それこそ星のように遥《はる》か離れた場所を目指す時でも、僕らはまず足もとの一歩を踏み出すことでしか、そこへ辿り着くすべを持たない。そういう意味では、未来というのはずっと先のどこかにあるのではなくて、最初からこの手の中にあるのかもしれない。時には卵の殻のようにもろく、時には石ころのようによそよそしく思えても、途中で自棄《やけ》になって投げ出したりせずに、てのひらでそっと包み温めながら大事に守っていかなくちゃいけない。

僕ひとりが特別な力を持つ何者かになんてならなくていい。ただ平凡で幸せな瞬間を積み上げてゆくための努力をすることで、大事なひとたちが笑っていられるのがいちばんいい。日々の小さな約束、たとえば数日後に帰国したら丈や京子ちゃんと一緒に鴨川の花火大会へ行くとか、またこちらで暮らすようになっても今度からはかれんだけじゃなく佐恵子おばさんにも手紙を書くとか、そんな日常の約束をちゃんと守ってゆく——そのうちには、ふと気がつけば望んでいた場所に辿り着いていた、なんて奇跡も起こりうるかもしれない。

「……かれん」

せっかく呼んでるのに、ぴくりともしやしない。

「俺——いつか、お前に誓うから」

耳もとに唇を寄せてささやきかける。

「今日の秀人さんみたいに……ダイアンみたいに……いつかきっと、お前だけに誓うから。だから、信じて待っててくれよ。な?」

答えてくれるのは、健やかな寝息ばかりだ。

悔しくなって試しに鼻をつまんでみたら、かぱ、と口があいた。指を放すと、むにゃむにゃ言いながら口も閉じる。

「ったく、人がどんだけ……」

ちきしょう可愛いな、などとぶつぶつ言いつつも、じつのところ何の不満もない。

(そう、いつか)

とろりと甘い眠気が下りてくる。かれんが寒くないようにと後ろから抱きかかえ、僕は満たされきって目を閉じる。

（いつの日か、きっと）

――でも、それはまた、別の機会に話そう。

The Never Ending Story　〜あとがきにかえて

シリーズ全二十巻。ようやくキリの良い数字となりました。

　第十九巻で大きな区切りがついたあと、今回の一冊をどう位置づけるのがいちばんふさわしいのか、担当編集者とたくさん相談して、その結果〈アナザーストーリー〉と呼ぶことにしました。番外編でもなければスピンオフでもなくて、文字通り、「もうひとつの物語」です。

　本編最終巻の『ありふれた祈り』は、あくまでも勝利視点での物語でした。でも、彼のことを想う周囲の人たちにとっては、また別の物語があったに違いない。勝利の知らないところでどんな出来事があり、どのような想いが交わされたのか――。この先、勝利自身はその全容を知ることはないでしょう。

　でも、読者の皆さんにはお伝えしておくべきだと思いました。マスターや丈や、かれんでさえも、勝利の全部を知っているわけではありません。彼が辿ってきた道のりのすべてを見て、その喜びや苦しみを誰より詳細に知っているのは、長いながい物語をずっと追いかけてきて下さった皆さんだけなのですから。

できることなら〈あと少しだけ先の未来〉を描きたい。出口の見えない苦しい日々をめぐる〈もう一つの物語（たち）〉をまず描き、そのうえで、本編のラストよりもほんの少し先の世界を差し出したい。そうして皆さんに、今よりもうちょっとだけ安心して頂けたなら……。

それが、この〈アナザーストーリー〉を上梓《じょうし》するに至った理由です。


私が自分のツイッターに、とりあえず〈おいコー番外編を執筆中〉との情報を載せた時、けっこうな数のリクエストが寄せられました。

曰《いわ》く、「ネアンデルタール原田をもっと出してほしい」、「今のままでは中沢さんが気の毒なので何とかしてあげられないか」、あるいはまた「丈と京子ちゃんはその後どうなったのか知りたい」、レアなところでは「和泉のお父さんと明子姉ちゃんのなれそめを詳しく知りたい」などなど……。

その中に、必ず一定数混じっていたのが、「かれんが自ら語るお話が読みたい」というものでした。

かれんが勝利のいないところで心情を吐露する物語は、これまでに一つだけ、保健室の桐島先生が語るサイドストーリー「Dust In The Wind」(Second Season II『明日の約束』所収)があります。でも確かに、かれん自身の視点で直接ものごとが語られた例《ため》しは、連載開始以来、ただの一度もありませんでした。

今これを読んでいる方たちの中にも、「そうだ、それこそが読みたかったのに」というひとと、「いや、それだけはなくてよかったんだ」というひとがいることと思います。読みたかったと思って下さった方には、ごめんなさいね。私には、どうしても書くことができませんでした。

読者の皆さんが勝利のことを誰よりもよく知っていて下さればこそ、彼がひたすら想いを捧げ続けるかれんの像は、きっともうそれぞれの心の中に確立されていて、たとえ作者であろうと邪魔したり傷つけたりすることはできない、と思いました。物語というものは生きていて、自分の意思があって、作者の手を離れたとたんに読者だけのものになるのだ、というのが、小説を書いてゆくにあたっての私の立ち位置です。

そうした意味において、中でもとくにこのシリーズは、読むひとそれぞれの胸の裡《うち》で永遠に続いてゆくネバー・エンディング・ストーリーなのかもしれません。

しばらく前に、デビュー作がいきなりベストセラーにも映画にもなった若い作家さんと知り合ったのですが、彼がこんなことを言ってくれました。

「僕の家、廊下に親の本棚があったんです。そのいちばんいい場所に〈おいコー〉シリーズがずらっと並んでて、子どもだった僕も内緒で読んでました。勝利より年下だったけど、背伸びして大人の世界を垣間見る《かいまみ》みたいにドキドキしながら、ああ、小説ってなんて最高なんだろうって思って……。いま僕がこうして書く側に立つことができたのは、〈おいコー〉があったおかげだと思ってます」

嬉しくて、感極まってしまって、彼も私もお互い顔を見合わせてちょっと泣きました。

なんだか自慢話みたいに聞こえたらごめんなさい。でも、ほんとうに嬉しかったの。文芸デビュー作となった『天使の卵』よりもさらに前、まだ二十代だった私が、〈みんな、ぜひ読んでみて、小説って絶対面白いんだから！〉などと、暑苦しい想いをありったけこめて書き始めた「おいしいコーヒーのいれ方」が、与り知らな《あずか》いところでそんなふうに読んでもらえて、人ひとりの人生をわずかなりとも導く役割を果たした……そんなに嬉しい奇跡があるでしょうか。

ちなみに、今回アナザーストーリーの執筆中から伴走してくれた編集者の栗原清香さんはかつて、初めて私の担当になって挨拶を交わした時、うるうると涙を溜めて言いました。

「中学生の頃から〈おいコー〉の大ファンでした。どうぞよろしくお願いしますッ！」

彼女がこの『てのひらの未来』を、どれほどの熱を込めて担当してくれたか伝わるかと思います。

そして、私にとっては全出版社における全編集者の中で最も長いお付き合いとなった、おなじみメガネの担当・野村さんは今回もまた、文庫版だけでなくジャンプjブックス版でも『てのひらの未来』を同時刊行するために動いてくれました。

お正月からの一ヶ月ほどで、他の連載と並行して三百数十枚の物語を書くのに、しんどくなかったとはさすがに言えません。でも、読者の皆さんをはじめとして、こんなに大勢の人に支えられ、完成を待ち望んでもらいながら物語を紡ぎ出すなんて経験は、他ではまず味わえない喜びでした。毎度言っていますが、ムラヤマはほんとうに幸せ者です。

もしも望んで頂けるのなら、いつかまた〈もう少し先の未来〉をお届けできる日が来ないとも限りませんが、それまでは、この一冊が、ほんとうの最終巻となります。

〈おいコー〉を愛して下さったすべての皆さんへ、この場をお借りして、心からの感謝を捧げます。

二〇二二年　春　いつもの季節に

村山由佳

本書は、「web集英社文庫」2022年3月～5月に配信されたものに
加筆修正したオリジナル文庫です。

村山由佳の本

おいしいコーヒーのいれ方 Ⅰ〜Ⅹ

彼女を守りたい。誰にも渡したくない——。高校3年になる春、年上のいとこのかれんと同居することになった勝利。彼女の秘密を知り、強く惹かれていくが……。切ない恋の行方は。

おいしいコーヒーのいれ方 Second Season Ⅰ〜Ⅸ

鴨川に暮らすかれんとなかなか会えず、悶々とした日々を送る勝利。想い合う気持ちは変わらないが、大人になるにつれて、ふたりをとりまく環境が少しずつ変化していき……。

集英社文庫

集英社文庫

てのひらの未来《みらい》　おいしいコーヒーのいれ方《かた》 Second Season：アナザーストーリー

2022年5月25日　第1刷　　定価はカバーに表示してあります。

著　者　村山由佳《むらやまゆか》
発行者　徳永　真
発行所　株式会社 集英社
東京都千代田区一ツ橋2-5-10　〒101-8050
電話　【編集部】03-3230-6095
【読者係】03-3230-6080
【販売部】03-3230-6393（書店専用）
印　刷　株式会社広済堂ネクスト
製　本　株式会社広済堂ネクスト

フォーマットデザイン　アリヤマデザインストア　　マークデザイン　居山浩二

ISBN978-4-08-744382-0 C0193